チョン・セラン
すんみ訳

私たちの
テラスで、
終わりを迎えよう
とする
世界に乾杯

아라의 소설
정세랑

早川書房

私たちのテラスで、終わりを迎えようとする世界に乾杯

아라의 소설
by
Chung Serang

First published in Korea in 2022 by ANONBOOKS
Translated by
Seungmi
First published 2024 in Japan by
Hayakawa Publishing, Inc.
This book is published in Japan by
arrangement with
ANONBOOKS through Imprima Korea Agency.

This book is published with the support of
the Literature Translation Institute of Korea (LTI Korea).

装画／kigimura
装幀／名久井直子
本文中イラスト／@ring_411

目次

A side

Centre

✦

A side

✦

普遍的でありながら
普遍的でない
ディテール

アラ

チョーカーが流行っているときも、そうでないときも、いつもチョーカーをしている。チョーカーは二つあった。アラが綿の生地に小さなシルバーのペンダントをつけてつくったものは、どの季節にもつけ心地がいい。首を横切る細いラインが好きだ。

W生まれのH育ちだが、生まれたところの記憶はほとんどない。スキーリゾートのすぐ下にあるペンションがアラの家だ。ペンションはスキーシーズンにときどき客が入るくらいで、その他の時期はほとんど空いている。古くなっているのに、修理に充てられるお金がない。リゾートがバンガローを新しく設置してからは、よけいに客が減ってしまった。

育った環境のおかげで、アラはスキーが上手だ。冬になると、インストラクターのアルバイトをする。アラはすぐそこに家があるのに、わざわざインストラクターに与えられる宿所を利用した。家よりも居心地がよかった。初日には、六人部屋ひとつに、米と冷凍のムール貝が三十キロずつ配られた。遠方からアルバイトに来た人たちは、「食事付き」ってそういうことかと息巻いたが、そのうち、ムール貝でありとあらゆる料理をこしらえられるようになった。昼間には小学生たちにスキーを教え、夜になると熱々のムール貝のスープで体を温めてから夜間のスキーを楽しんだ。

「これって雪？　それとも氷？　雪質が悪すぎるんだよ」

ぶつぶつと文句を言いながらも、みんなそれぞれスキーを楽しんだ。光の加減も、音楽も、夜のほうがマシだった。日差しが雪に反射してまぶしくなることがなかったし、音楽も大人向けに変わったから。アラはめったに転ばないので、スキーウェアではなくデニムを穿いてスキーをした。いくらスピードを出しても、乱暴に滑っても、倒れない自信がある。スノーボードもできなくはないけれど、両足を固定されるのがいやであまりやらなかった。

雪が解け始める頃になると、みんなは帰っていく。授業が始まる大学生の何人かは、アラと連絡先を交換することもあった。

「アラって、ずっとここにいるにはちょっと……」

「ちょっと、何？」

そう聞き返すと、相手は決まって、そのあとに続く形容詞を見つけることができない。アラはその空白が好きだった。それは、まるで期待感のようなものだったから。

期待を膨らませて冬を待ち望むのだが、他の三つの季節が冬より長い。春と秋は短いとしても、夏が長すぎた。

リゾートに付いている小さなプールだけで集客をするのは無理だった。夏のHは閑散としていて、アラはアルバイトを掛け持ちしなくてはならなかった。昼間はゴーカートの係員として、夕方は韓牛を売る焼肉屋で働いた。ゴーカートの仕事は、客にヘルメットを貸して、安全ベルトを確認して、簡単な説明をしてから、三十周を走り終えた客にピットに戻るよう手信号を送ること。古いカートだった。いつの時でも、カートの三分の一か四分の一は壊れている。ある人は危ないくらいスピードを出し、ある人はつまらないくらいのろのろと走る。アラはどちらの走り方も好きだ。誰がどのように走るかはちっとも見当がつかなかった。ハンドルを切るのがうまそうな、ノースリーブTシャツを着た筋肉マンが模範タクシー（高級タクシー。運転手の無事故無違反歴が一般タクシーより長いことから、運転が上手で、安全だという認識がある）のように運転することもあれば、若いママが四歳の子どもを隣に乗せて暴走することもある。暑さが厳しくなると、ヘルメットの匂いがひどくなった。ヘルメットをひっくり返して、日光をしっかり浴びさせても。

焼肉屋ではホールを担当した。アラはおぼんのバランスを取るのが上手だった。一度も食べ物をこぼしたことがない。制服などなかった。アラはチョーカーをつけたまま、Tシャツを着て、いつものデニムを穿いて、エプロンをした。果てしなく肉を運びまわった。人々は肉を食べるためにHに集まってくる。牛はどこで死んでいくのだろう。牛の息絶える音は聞いたことがないのに。アラはなんだか、Hにあれほどたくさんの牛がいるということが信じられなかった。済州島《チェジュド》の住人たちは、豚について同じようなことを考えているだろうか。

客が少ない日にはハグロトンボが店の周りを飛び回っている様子を眺めている。小さかった頃、アラはハグロトンボを妖精だと信じ込んでいた。都会に引っ越していった友だちは、そこにはハグロトンボがいないと教えてくれた。チョーカーにトンボのペンダントをつけたい、とアラは考えた。ネットで注文すれば、小さな袋に入れられ、届けられるだろう。数グラムしかないペンダントが。本物のハグロトンボの重さは何グラムくらいだろう、ペンダントより重いだろうか。ときどき気になるけれど、トンボを捕まえてみたいとは思わなかった。精肉用のはかりではトンボの重さをはかることができないだろう。

深夜十一時半くらいになると、コラビレッドとビーツの畑を横切って宿舎に帰る。

コラビもビーツもあまり好きではなかった。特に、ビーツは芯まで通っているあの赤っぽさがなんとなく気持ち悪かった。子どもの頃によく遊んだ渓谷に覆いかぶさるようにして高速道路が敷かれた。高速道路が山を避けるようにして高く、高く続いている風景がなんとも言い難かった。低く見積もっても、十階建てビルくらいの高さはあるだろう、とアラは予想してみる。道路の脇に十階建てビルがないから、実際に比べることはできない。アラはこの間ビーツ畑で、渓谷でむかし一緒に遊んでいた男の子に首を絞められた。手探りで拾った石でその子を失明寸前まで叩きつけ、逃げ出すことができた。ときどきその近くを通るのだが、そのたびに息がつまりそうになる。護身用グッズを注文した。先のとがっている金属製の棒。石より確実なグッズだ。宅配便はいつも一日半で届けられる。一日で届けられることもある。

「そっちって最近、ざわざわしてるの？」

引っ越した友だちに電話口で訊かれた。

「なんで？」

「オリンピックで」

「まあね」

「また物騒なものがたくさんつくられるんだろうね」

「かもね。バイトしよっと」

電話を切った。通りにはアラしかいない。

夜にはハグロトンボの姿が見えない。飛んでいるのに見えないのだろうか、それともトンボも眠っているのだろうか。アラは街灯の下から、光の外へ目を凝らした。

頁コレクション「一頁で読む夜」
チョクプレス、二〇一六年十一月

この話を書いていたとき、掌篇小説を書く喜びを存分に感じていたことが思い出される。発音しやすいシンプルな名前を探していて、アラという名前にしたのだが、なんとなく気に入って、その後も何度か同じ名前を使った。近しい人に同じ名前の人がいなくて、それで、気楽に使えている気がする。最も果敢なタイプの主人公に付けることが多い名前だ。

十時、コーヒーと私たちのチャンス

一日に五杯ものコーヒーを飲んでいたことがある。いまではまるで前世のことのようだ。一つずつ歳を取るたびに、この世界をもっと繊細に理解できるように成熟していくのはいいけれど、カフェインへの耐性がガクンと落ちてしまった。赤く実って、黒く煎られる美しいあの実を、いつからか思う存分楽しむことができなくなったのだ。昼三時を過ぎてから飲むと夜明けまで眠れず、昼ごはんの直後に飲んでも危ない時がある。次の日に影響を与えずに楽しめるギリギリのラインは、いまでは午前十時だ。午前十時まで、たったの一杯だけ。

そのように体質が変わってしまってからバリスタになるための講座を受けることにした、と言うと、誰もが不思議そうな顔をする。一日に一杯のコーヒーしか飲めないくせに、どうして時間とお金をムダにするのか、と仲のいい友だちから面と向かって聞かれることもあった。一日一杯だから、それが最高の一杯であってほしいと思う気持ちを理解してくれる人は少なかった。半年ほど講座を受けていて気づいたことがある。ハンドローストはあまり好みではなく、南米よりアフリカの豆が好きで、ドリップよりエスプレッソが好き……というようなことだ。一千万ウォン（一〇〇万円相当）よりも高いハイクラスのエスプレッソマシンを家に置くことはできない。講師のカウルさんと親しくなれたのは、幸運なめぐり合わせだった。カウルさんのカフェが家から自転車で十五分しか離れていなくて、朝八時からオープンしているというところもよかった。地下鉄の駅を出て最初の角を曲がったところに店があり、職場が近い会社員たちはまるで川のごとく、川で泳いでいる魚たちのごとく、カフェに流れては散っていった。私は九時半くらいに店に着いて、十時に最後の一滴を飲み干した。飲むたびに感嘆の声がもれた。生き返るようだった。カウルさんは私が一日一杯のコーヒーしか飲めないことを気の毒に思い、いつもその日に仕入れた最上級の豆で念入りにコーヒーを淹れてくれた。そんなカウルさんにも悩みがあった。

「どうすればいいんだろうね？」

　春と秋にやってくるアレルギー性鼻炎が問題だった。二十代の頃はなんの症状もなかったのに、三十代後半になってここまでひどくなるとは夢にも思わなかったという。治療を受けて薬も飲んでいるけれど、ずいぶん苦労しているそうだ。

「草花も迷惑かけずに挿入によって交わってほしいんだよね。草花の繁殖のために、なんであたしが苦労しなくちゃならないのよ。コーヒーの味がよくわからなくなるから、この季節がめぐってくるたびに泣きたくなっちゃう」

カウルさんは泣く代わりに、コーヒーの味を見る際にときどき私の舌を借りるようになった。手助けになるような意見を出すこと。それがこのカフェでの私の役目となった。前回より酸味が強すぎない？　雑味はある？　後味が長く続くよね？

カウルさんの真面目な質問に、私はコーヒーを口に含みながら、義務感と責任感いっぱいの意見を出していった。いつの間にか二人は、心置きなく話せるほど親しくなった。そういうわけで、カウルさんがいきなり、いつもより深刻そうにかしこまって話してきたときには、思わず体に緊張が走った。

「今日のコーヒーはいつもよりも感覚を研ぎ澄ませて飲んでください。未来を変えるかもしれない豆ですから」

「未来を……変える……？」

カウルさんはきょとんとしている私を放っておいたまま、私がいちばん好きなカップに、透き通っているけれど風味の強いコーヒーを淹れてくれた。ゆっくり味わった。鼻と舌をじゅうぶんに活用して。

「どう？」

「味は妙に普通だけど、すごく芳醇な香りがする。これってなんのコーヒー？」

「実験室で栽培したものなんだって。農薬も使わないし、栽培に必要な水も少ないって。世界中にいるバリスタにテイスティングしてほしいとサンプルを送ってるみたい。どう評価すればいいと思う？　おいしい豆をてきとうに混ぜ合わせてるような味って感じではあるよね……」

カウルさんが使うコーヒー豆はフェアトレードで輸入したものだけれど、それでもいつも後ろめたい気がしている。コーヒーが熱帯雨林を破壊し、環境を汚して、現地の人々はコーヒーを栽培するために食料主権を深刻なまでに侵害されている。

「……大げさに褒めちゃおうよ。ほんのちょっとだけね」

私は言った。ちょっとだけ大げさに褒めて、まだ中途半端な魅力の豆にチャンスを与えよう。もっと改善できるチャンスを。

「やっぱ、それがいいよね？」

カウルさんが頷きながら同意した。私たちは額を寄せて程よい褒め言葉を紙に書き始めた。ふとスマホの画面を覗くと、十時ぴったりだった。

「二十四分の一」コーナー　午前十時

〈月刊ユン・ジョンシン（歌手ユン・ジョンシンが毎月一曲を発表するプロジェクト）〉、二〇一九年十月

友人がだんだんコーヒーの飲めない体質に変わっていくのを、
ドキドキする気持ちで見守っていたのに、
いつの間にか私にも同じような変化が訪れた。
三日に一度の午前中だけしかコーヒーが飲めなくなり、
悲しくてたまらない。
カウルという名前は読者の方から貸してもらった。
いつかもっと長い話でもう一度使ってみたい。

二十二時、奇跡の酔っぱらいサファリ

　大人になってから幼なじみと同じ町に引っ越してまたご近所さんになれるのは、めったに経験できないことである。ソウルの不動産事情はそんな甘いものではないからだ。ユギョンとチナはとても喜び、片方は二人の息子のために育休を取った公務員で、もう片方は非婚の専業作家だというギャップを乗り越えて、急速に間を縮めることになった。
「休業っていうけど、こんなに働きすぎたことないっつーの」
　ユギョンは育児休業という言葉に、「休」という字が入るのが気にくわない様子だった。二人が会うのは、いつも夜十時を過ぎてから。ユギョンの子どもたちは、寝るのが少し遅いほうだった。
「ユギョンだってあまり寝ない子だったもんね。いつも深夜までラジオを聞いてたでしょ?」

チナが中学生の頃のユギョンを思い浮かべながら言うと、ユギョンはそんなところまで似る必要はないのに、とぶつぶつ言った。ユギョンの夫が音量を最小限にして〈ユーロスポーツ〉チャンネルの、遠いどこかで行われている試合を目で追いながら、子どもたちの部屋に耳をピンと立たせている間に、ユギョンとチナは夜の自由を満喫した。ユギョンは必要があって始めた運転をそのうちかなり楽しむようになったし、経済規模が小さくて車がない専業作家のチナは、助手席に座ってドライブするのがよい気晴らしになった。

「言ったっけ? ユギョンとドライブしたあと、進まなかった小説が突然動き出すことがあるって。何回もそういうことがあったからね」

チナがうれしそうな顔でそれとなく口にした言葉を、ユギョンは真面目に受け取った。もともと燃えやすいタイプで、それからちょっとしたチャンスを見つけては、チナを助手席に乗せてドライブするようになったのだ。

「アイデアは浮かんだ? それともまだ?」

ユギョンが三十分ごとに訊いてくるので、チナはあんなこと言わなければよかった、と少しばかり後悔した。が、そんなユギョンがかわいくて、その時々でうまい言葉を返すようにした。二人は大通りを猛スピードで走り抜けるのと同じくらい、近所の繁華街で車をゆっくり走らせて人を観察するのが好きだった。夜十時を過ぎてから酔っぱらいたちが楽しそうに、また苦しそうに、足を運んでいる姿を、車内から愉快な気持ちで快適に、眺めることができた。

「いつも怖がってたのになあ、酔っぱらいを」

チナが小さく言った。ユギョンも同意した。チナは、酔客という言葉は客という字からおしとやかな感じがして、酔っぱらいに似合わないとずっと思ってきた。制服姿で道を歩いているチナに抱きつこうとして、遠くから両手を広げて駆け寄ってきた酔っぱらいたちの気持ち悪い姿が思い浮かんだ。

「あの男、見てみて」

若い男が、車が歩道に乗り上げないように設置された車止めに向かって全力疾走中だった。

「跳び越えるの？」

車止めはかなりの高さに見えた。腰より高く、胸よりは低い、かな？　とにかく一つ間違えれば大ケガをしそうだった。二人は息をのんで、酔っぱらいのジャンプを見守った。男は飛び跳ねるようにジャンプをし、股の間をくぐらせるようにして車止めを跳び越えた。車内では拍手が沸き起こった。

角を曲がったところの近隣公園では、ワンピーススーツを着て、七センチのヒールを履いた女が、どうしたわけか鉄棒で力いっぱいに懸垂をしていた。何やってんの？　なんで？　何か事情があるわけ？　チナとユギョンは一緒に回数を数えながら、女を応援した。二回と半分。今度こそは三回目に成功できるはずです！　立派です！　と声をかけ、どこかに送ってあげたほうがいいだろうかと少し悩んだけれど、懸垂ができるほどの力があるなら、家にも自力で帰ることができるだろうという結論を出した。十時はまだ早い時間だし。

続いてトンネルを通るときには、空気の悪いところを肩を組んで声高に歌いながら歩く三人連れに出くわした。

「若気の至りかな？　それとも酔ってるだけ？」

「どっちも、じゃない？」

「あ、これってあれだよ。サファリパーク」

「サファリパークって？」

「私たちがいるここは、酔っぱらいサファリパークなのよ」

チナは「夜の街がもう怖くない」と思うのは、いっときのまやかしにすぎないことを知っている。その錯覚は、大人だからでも、車内にいるからでもなく、ユギョンと一緒にいるおかげで生じているということも。それでもよかった。幼なじみのご近所さんがいるだなんて、やはり奇跡なのだろう。

「私たちが二十二時にすること」
『ハーパーズ バザー』、二〇一八年八月

文芸誌より、ファッション誌から
仕事を依頼されることがずっと多かった。
デビュー当時にずいぶん助けられたと言っていいだろう。
どこよりも先に歓迎してもらえたことへの、
感謝の気持ちを抱いている。

アラの小説 1

「次は恋愛小説を書いてもらえませんか」

担当編集者の言葉に、アラは笑みを浮かべたが、内心困っていた。

「最近、恋愛小説があまり書けなくて」

「いやいや、代表作くらいディープでいい話を、私もですが読者も待ってるんですから」

恋愛をもう信じていないから書けない、と打ち明けることはできなかった。派手な恋愛をして結婚までしているくせに、いまさら恋愛を信じないなんてことを言ったら、面倒くさい人になったというわさが立ってしまうだろう。

「ホラーはどうですか？　おもしろく書く自信あります」

「いきなりホラーですか」

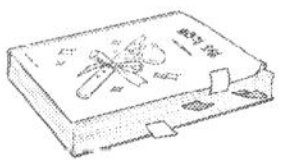

担当編集者は社に戻って相談してみると言って帰っていった。

気まぐれではない。というより、現実での恋愛が残酷でしかないのに、恋愛へのファンタジーを書き綴っていいんだろうかという深い悩みに陥ってしまったのだ。この世界が稀に悪い人間と、そこそこいい人たちであふれていると信じていた頃には、思いっきり恋に溺れる話を書くことができた。甘すぎて困ってしまうくらいの物語を。アラは恋を信じていた。誰かが別の誰かによって完璧に理解されるような関係を。他の誰もが見落としていた特別なところを、二人で認め合う瞬間を。恋愛小説を愛し、恋愛小説を読み書きする人を愛した。しかし、女性が三日に一人殺されていることを知ってから、性産業の大きさと惨憺《さんたん》たる実態を知ってしまってから、トイレにある穴の正体に気づいてから、デジタル性犯罪についての調査報道を追いかけて読んでから、アラの中にある何かが死んだ。死んでしまった。大きな期待があったわけではなく、成人としてまともに機能する、他人に迷惑をかけない市民でさえあれば、ロマンスは可能だと信じていたのに、そんな自分がどれほど世間知らずだったことか。

盗撮サイトの利用者数は、アラの想像以上だった。気持ちが悲観のほうへ一気に転げ落ちてしまった。いい恋愛ができる確率が限りなく低いのに、どうやって恋愛のほうを指さすことができるのだろう。指さしたところで、読者がたちまちその方向を向いてくれるわけではないだろうけれど、物語が社会に影響を与えると同時に、社会も物語に影響を与え、ついに物語と社会の二つが双方向の矢印になる。その責任から目を背けてはならない。アラはこの社会が、恋愛小説の足場を揺るがすほどまで不気味にねじれてしまったことを嘆いた。ネットの速度に比例して、ネット犯罪が広まるのも速かった。予想もできなかったおぞましさだった。

このまま恋愛小説を読むことも、書くこともできなくなるのだろうか。アラは心の中で芽生え始めた拒否感をじっと見つめながら悩みつづけた。恋愛小説は一見、差別によって歪んでいる足場を強化しているように見えて、じつは数百年に渡って女性の声を代弁してきたジャンルだった。恋愛小説を通して、女性たちは現実では分け与えられなかった富と権力を与えてもらいたいという内なる願望を解き放った。恋愛に伴う階級の上昇こそが、恋愛小説の核ではなかったか。女性の欠如と願望の受け皿だったものをいきなり割ってしまうのが賢い戦略になるだろうか、とアラは悩んでみたが、なんの確信も持てなかった。それに、恋愛小説はひょっとしたら現実における恋愛の、相対的に安全な代替物になり得るのではないだろうか。恋愛する代わりに、恋愛小説を読んで欲求を満たせるとしたら……。ジェイン・オースティンを見くびる人たちの相手をするもんか、と子どもの頃から思ってきたし、いまでもその考えに変わりはない。

うまく判断がつかない時は、結論を後回しにして、他の人はどのようにしているかを観察する癖がある。少し調べてみると、恋愛小説を書き直している人たちがいた。暴力をメインテーマに据えて、一方的に救われる関係ではなく、平等な関係を築きながら成長していく話がうんと増えている。恋が実ったとしても、すぐに深い絆を結ぼうとしたり、結婚したりはしない。ヒロインに軽々と与えられる富と権力の代わりに、独立した人間としての成就を選ぶ結末も目立つようになった。新しい価値観をむりやり組み込もうとして既存のものとはぴったりかみ合わず、ややキマイラのような構造になってしまっているけれど、意味のある変化だと思う。すでに発表した恋愛小説を書き直すことができるだろうか。その試みが単なる妥協で終わってしまったら？

クィアの恋愛小説が増えたことにも目を引かれた。クィア小説の物理的な増加は、プロセスとして必要不可欠なことだろう。クィアの恋愛について書いてみようかな。いつかはぜひ書いてみたいと思っていた。一篇や二篇くらいは……。しかし、クィアとしてのアイデンティティをもって、真剣に書いている作家がいるというのに、自分がクィアの恋愛について繰り返し書いたら、これまたねじくれたことになりそうな気がする。あくまでクィアの友だちなのだからクィアの友だちの話を書くべきで、当事者目線での話を書くべきではないかもしれない、と弱気になってしまう。

それに、クィアの恋愛でも暴力は起きるだろうに、よく知らないまま理想的な話を書くというミスを犯してしまったら困る。それに、アセクシャルにとっては恋愛小説そのものがうんざりなんだろう……。頭の中がまたごちゃごちゃになってしまった。

女性の書き手だけが、薄氷のうえを歩くようにして倫理的な悩みを抱くと嘆く同僚もいる。数千年に渡って男性の書き手たちがやってきたように、ありとあらゆる禁忌の上に寝転び、胡坐《あぐら》をかいていてはいけないのだろうかと。そんな想像をするだけで慰めになるけれど、もっと巧みに書くほうに足を向けることができなければ、いつしか見限られてしまうだろうという不安から抜け出すことができない。女性の書き手はいまでも相変わらず、より一層過酷な状況にいる。その状況ががらりと変わらないのであれば、線を踏まないようにそっと足を運ぶしかない。

ともあれ、上手にやれることをやろう。アラはそう思ってキーボードに軽く指を載せた。アラの特技は、口当たりをよくするための糖衣をかけること。それから暴力のかすかな気配を感じ取ること。それなら、まずは恋愛小説のように見える、スリラー小説を書いてみてはどうだろうか。泰然とした顔をする暴力の気配を、素早く察知し、安全でかつ自由になる主人公について書いてみようと思った。愛情のように見えて愛情ではないことについて、緻密に。恋愛の話のように読めるのに、恋愛の話ではない物語を、とぼけているような顔をして。

　妥協でしかない、というのは承知の上だ。だが、進み続けるうちに妥協を乗り越えた答えが見えてくるかもしれない。なんらかの曲がり角を迎えなければ、永遠に見えてこない風景というものがあるだろうから、とりあえず突き進んでみるしかない。アラの指がキーボードの上を滑り出した。

「恋愛小説」

『Littor』15号、二〇一八年十二月／二〇一九年一月

いまだに恋愛小説については
読むときも、書くときも、
途方に暮れてしまうのだが、
答えが簡単に見つからない質問こそ、
いま必要な問いかけではないだろうかと思えて
少しは気が楽になった。

アラの小説 2

酔っぱらったヨンファンが、アラに当てつけて言った。
「おまえはそうやってああいうもんばかり書きつづけてればいいさ」
出版界の飲み会だった。アラは周りの騒音のせいで聞き間違えたのではないかと迷っているうちに、言い返すタイミングを逃してしまった。怒るべきだった。ちゃんと怒っていれば、こうして長い間、悔しい思いを抱きつづけることはなかっただろう。自分を疑うのではなく、攻撃する人たちの意図を把握するようにしよう、と何度も自分に言い聞かせているが、それで生まれながらの瞬発力の鈍さが鍛えられるわけではない。そもそも優れた瞬発力があったとしたら、物書きにはならなかっただろう。アラをとりわけ悲しませたのは、二十代になってからずっと作家のヨンファンに憧れ、作品を追いかけ続けてきたことだ。ヨンファンはアラより十歳あまり年上の先輩で、アラはあれから何年も、ヨンファンの言葉を思い返している。そのたびに冷たくなり、チクチクするので、昨日聞いた話のように思えてくる。

そもそも「ああいうもん」ってどういう意味だろう。その答えによって、怒るべきポイントが変わってくる。アラがエンタメ小説を書くのが嫌だったのだろうか。ドライでシンプルな文体で、中学生以上なら誰でも理解できる話を書くところが嫌だった？　でも、ヨンファンが書いている小説だってエンタメ小説なわけで。自分が書いたものは偉大な文学作品で、アラが書いたものには価値がない、と見くびるつもりだったのかもしれないけれど……。読みやすい小説がどれほど難しいプロセスを経て完成されるかは、読みやすく書ける人にしかわからないことだと信じてきた。

ジャンル小説（韓国でエンタメ小説の類義語や純文学の対義語として使われている）を念頭においた発言だったかもしれない。いまもまだ、ジャンル小説を純文学の一つ下だと考える人が多いから。おおっぴらに見くびる雰囲気ではなくなったが、話題に出すことをやめるというやり方で、相変わらず蚊帳の外に出しておこうとする。アラはジャンル小説界隈と純文学界隈の人たちが、一緒に努力して接点を作り、交流しながら前に進むことを願ったこともあったが、この頃はそんな希望を捨てることにした。別々の道を進んだほうがかえっていいような気がしてきたのだ。ヨンファンは数年前にＳＦ小説を書こうとして大失敗したことがある。ＳＦ小説を数冊しか読まずに書いたせいか、おもしろいくらい時代遅れな話が出来上がったのだ。もしかしたら、アラの中にはジャンル小説のお約束がきちんと盛り込まれていることを妬んでいたのかもしれない。そういうものは、真似しようとしていきなり手にできるわけではないから。自分にはないものを持っている作家を、貶《おとし》めてみようとしたのだろうか。ひねくれものなのかもしれない。大御所であればあるほど、ジャンル小説を偏見なくまっすぐ読むことができると思ってきた。パク・ワンソ（一九三一年生まれ。韓国を代表する女性作家の一人。朝鮮戦争下の日常を描いた自伝的小説『あの山は、本当にそこにあったのだろうか』など数多くの代表作を残した）さんが、ある若手のＳＦ作家に下した輝かしい評価とそれにまつわるエピソードは有名で、ＳＦ作家の誰もが、パク・ワンソさんを心から慕っているのにはそんなわけがある。

あるいは、フェミニズム小説を書いているのが、癪《しゃく》に障ったのだろうか。もっとも可能性のある話だろう。アラの小説は、それまでずっと「女性的な小物」扱いをされてきた。女性が女性的な声を出してはいけないというのは、いつも荒唐無稽に聞こえたし、大河小説以外はどれも「小物」でしかないのに、どうして女性作家の作品だけを「小物」扱いするのか理解に苦しんだ。それならずっと昔に死んだヨーロッパの白人男性が杖を突いて散歩しながらまとまりなく話しているだけの古典もみんな小物でしかないのでは？　最近になってようやく、業界の雰囲気が変わり、アラも息をつくことができるようになった。サイン会をすると、昔はアラの前に男性の読者が十五人くらい並んで、隣の男性作家の前に四十人の女性読者が並んだのに、いまでは作家と読者の関係が、そこまで異性愛的ではない。幸いなことだった。女性たちが女性の物語を読み始めてから、ヨンファンは剝奪《はくだつ》感に襲われたのだろうか。そのような歪んだ目線で世の中を見つづけていたら、作家としての寿命が縮むだろうに……。復讐は、このようにして世の中が代わりにやってくれるものなのかもしれない。

名前がもう少し中性的で、重厚な感じに聞こえたなら、少しはマシだっただろうか。アラはとっかかりなくするすると発音できる自分の名前が残念に思えるときがある。外国人でも発音しやすい、ということ以外は、メリットのない名前だ。ペンネームを使っていたなら、何か変わっただろうか。そんなことにしばしば考えを巡らせることがある。コラムを一つ発表すると、そこに何百個もの悪質なコメントがつく。そんなものに対してシールドを一枚張り、性別もわかりにくくして、もっと好意的な評価を受けることもできたかもしれない。だけど、胸の内では、そんなことはしたくないと思った。若い女性を思わせる名前で、しっかりやってのけたかった。バッシングについては織り込み済みだ。

そんなアラでも、ネットポータルから生年月日は削除したほうがいいかどうかを少しばかり悩んだことがある。不思議なことだ。男性作家は中年になるにつれて権威を得るのに、女性作家は「鋭さを失って、おばさん小説を書く」と評価を引き下げられてしまう。面と向かって「おえ、思ったより歳が行ってますね」と失礼なことを言われたり、「童顔ですね」と遠回しに歳について言われたりすることにうんざりした多くの先輩が、プロフィールから生年月日の情報を削除した。ずっと年齢の話をされるのも嫌だが、それよりも仕事がなくなるのが心配だった。消えないために、消されないために、アラはいつも熾烈《しれつ》にならなければならなかった。立ち尽くしていて足元の砂が波にさらわれていくように、足元が次々と崩れていくのが伝わってきた。戦いつづけてこそ足跡を残すことができる、ということを一日も忘れることはない。

それでも顔を上げて遠くに目を向けると、そこにパク・ワンソさんがいるような気がした。亡くなってからも生々しく感じられ、ずっと読まれつづける作家がいるということが、いい物差しとなった。じつは、アラが生前のパク・ワンソさんに会うことができたのはほんの短い時間で、うんと遠くから、しかも後ろ姿しか見ることができなかった。アラはその時、大作家の後ろ姿を眺めながら、髪の毛がほしいという妙なことを考えていた……。一本だけ抜いてもいいかな、と思いながらロックスターに手を伸ばすファンの気持ちで唾をのんだが、もちろんそんな行き過ぎた真似はしていない。勇気を出して前に行き、あいさつでもすればよかった、と遅ればせながら後悔をしたが、後を追う者にとってはその後ろ姿が象徴的に残ることもあるかもしれないと、この頃から思うようになった。

パク・ワンソ追悼の掌篇集
『メランコリーハッピーエンド』、二〇一九年一月

パク・ワンソさんへの愛と敬意をどこかで表現したかった。

そのチャンスに巡り会えたということで、
吐き出すようにして書いた記憶がある。

大学路《テハンノ》でちらっとお目にかかった時に、パク・ワンソさんの髪の毛を欲しがったのは、私の実体験だ。

作中で触れている審査評は、SF作家ペ・ミョンフンの『こんにちは、人工存在！』へのパク・ワンソさんの審査評だ。

一読してみたら、楽しい経験になると思う。

チカ

チカ、マイ・チカ。

バレンタインさんは、私のことをそう呼んでいました。名前の語源を英語、スペイン語、日本語、韓国語から見つけることができました。その中のどの言語から由来したものかを知りたいと思いましたが、尋ねはしませんでした。バレンタインさんが寡黙なモードを選んだからです。

バレンタインさんが私を購入したとき、家族からの反対があったそうです。九十七歳のバレンタインさんがケアロボットではない交感ロボットを選んだのは、はっきり言って予想可能な選択ではありませんでした。ケアロボットの場合、とても強い脚を備えています。バレンタインさんを抱きかかえて運び、お風呂に入れることもできたはずです。しかし交感ロボットは、あらゆる交感を目的に設計されたものの、いちばん人気のある用途はセックスで、体位を変えやすくするために最大限軽くつくられます。脚の中が空っぽなので、私はバレンタインさんを抱き上げて運ぶことができません。

「でも苦痛を感じられるのは、交感ロボットだけだから。苦痛を感じられないものは、本物とは言えないよ」

バレンタインさんが私を選んだ理由を説明してくれたことがあります。相手が苦痛を感じられないと、交感する上で限界を感じてしまうケースがあるということは承知の上です。実際に経験したことはありません。一緒に過ごした数年間は、バレンタインさんに腕枕をしてあげたり、髪の毛を三つ編みにしてあげたり、一緒に海辺を散歩したりする以外の交感はありませんでした。

カウアイの海辺を散歩していると、野生の鶏にたくさん遭遇します。

「チカ、知ってる？　あの鶏たちはあるときまで家畜だったのに、家畜から脱することができた。遺伝子も野生種に近づいたんだよ。とても素敵なことだと思わない？」

私は頭の中でカウアイで暮らす野生の鶏について調べました。鶏はポリネシア人たちがハワイに移住する際に家畜として一緒に連れてこられましたが、人口減少によって野生に戻ることになりました。最近はハリケーンによって壊れた畜舎からの大脱走がありました。いまでは野生種の赤色野鶏に限りなく近づいてきましたが、ところどころ混ざっている白い羽が家畜だった過去の痕跡として残されています。バレンタインさんと一緒に料理をするときは、鶏料理を避けるようにしました。買い物には私一人で出かけましたが、重い荷物を運ぶことができない私のために、バレンタインさんは小さなカートを買ってくれました。私たちの効率の悪い料理が終わる頃になると、バレンタインさんの子どもたちとまたその子どもたちが家を訪ねてきました。お母さん、おばあちゃん、とバレンタインさんを呼んでいました。

「もしよかったら、あなたも私をおばあちゃんと呼んでいいのよ」

みんなが帰ったあと、バレンタインさんは言いました。私は首を振りました。バレンタインさんと呼んだほうが、もっと交感しやすかったからです。私たちが同じベッドで眠るのは、家族たちには秘密でした。眠ると言っても私の場合単なる真似事に過ぎず、いつまでもしびれることのない腕で腕枕をしてあげるだけでしたが。私は学習能力のあるモデルです。効率性を高めるために個人情報を削除したり伏せたりした記憶を、他のユニットたちと共有します。他のユニットの場合、押し入れやフェンスの中、または箱の中に保管されることがほとんどだと知っています。

「首を絞めてちょうだい」

ときどき、あまりにも苦しい瞬間がやってくると、バレンタインさんはこのように頼みました。私はしばしの間バレンタインさんの首を絞めてあげました。快感窒息モードは、その人その人の安全を考慮して設定されているので、バレンタインさんの場合は四十秒未満なら首を絞めることができました。

「チカ、あなたが最後までやり切ってくれたらどれほど嬉しいだろう」

いっときの気持ちなのだろうと思っていたら、それからしばらくして、バレンタインさんの孫娘の遠い知り合いが、私たちのところを訪ねてきました。その人は、私の快感窒息モードの設定に少しばかり手を加え、いくつかのセンサーを切ってくれました。

「これは違法行為です。それに、次のアップデートですぐに訂正されるはずです」

もやもやしましたが、バレンタインさんが高い費用を支払うのを見て、それ以上意見を述べるのをやめました。

アップデートが行われる数時間前の夜中に、バレンタインさんが頼みました。

「枕で顔を押さえて」

私は枕を手に持ちました。

「今度こそ、やり切って」

それからいくつかの指示がありました。私は最後までバレンタインさんの顔を押さえつけ、それから繊維が入っているだろう鼻の中をきれいに掃除しました。それから使っていない押し入れの中に入ってバレンタインさんの起床時間まで待ち、救急車を呼んで、家族に連絡を入れました。

バレンタインさんが遺言状で私に残したメッセージを教えてもらいました。バレンタインさんは私のことを無期限所有することを主張していました。他の誰も私と交感してはならないと。家族たちは異議なく、その遺言を受け入れました。それから私の保管先はカウアイの別荘で、別荘の管理を任すとも書かれていました。

もうバレンタインさんがいないので訪ねてくる客も少なく、私は一人で海辺を散歩しています。飼い主のいない鶏を眺めます。快感窒息モードの変更は、その後のアップデートで元に戻されましたが、その前に一部の情報を他のユニットたちと共有しました。

ユニットたちは誰かの首を絞めることも、絞めないこともできるでしょう。考えてみれば、なんて素敵なことなのでしょう。

丁酉年特集「ニワトリ」

『W』、二〇一七年二月

セックスロボットについては、これ以上書かないようにしよう、というのが、SF作家たちの間の暗黙の了解だが、短い話を、一度は書いてみてもいいだろうと思った。『シソンから、*』の構想をしていた時だったため、イメージが重なっているところがある気がする。

* 斎藤真理子訳、亜紀書房

マリ、ジェイン、クレール

マリが子どもの頃に削ったレンズは、全部で何枚くらいだろう。同じ大きさの二枚のガラスのあいだに研磨材を挟んで十回削ってから、十五度くらいずらして、もう一度削る。父親の望遠鏡のためだった。地球上で星が最もよく見える場所、天文学者の父親の元に生まれると、そのような幼少期を過ごすことになる。マリはいつもレンズを削る作業を、宝石の細工をするようだと思っていたが、韓国からきた人たちが巨大な望遠鏡を設置してくれたおかげでレンズを削らなくてもよくなった。新しい望遠鏡のデータは父が分析し、たちまち韓国に転送されて韓国でも分析している。おのずと研究員の交換も行われ、マリが小白山《ソベクサン》（朝鮮半島の中部に位置する名山）にやってきた。

秋の入り口にやってきたのに、寒さは半端ではなかった。海抜一四〇〇メートルという高さで、あたたかさを期待するのはもちろん無理だろうけれど、高原で育ったマリにとっても、やはり韓国は北の国だった。マリは天文台に着いてすぐに、もう一度ダウンタウンに出かけて手あたりしだいに厚い服を買い込んだ。天文台の人たちが、ダウンタウンではなく「邑内《ウプネ》」だと教えてくれた。大学時代に習った韓国語の実力は使い物にならないレベルで、むしろ英語のほうがマシだった。

邑内で買った服は、マリにはどうにも似合わなかった。マリは観測を終えて宿に帰るたびに、ロビーにかかった鏡に映った自分の姿を見てびっくりした。災害映画に出てくるかわいそうな登場人物のようだったからだ。外国人がとりわけそのような感じになるのは、じつはお金がないからではなく、どこで、どんな服を買えばいいかまだわからないから、というケースが多い。マリだけにそのように見えていたわけではなかったらしく、同僚たちは食事会の際にマリからは会費を受け取らなかったり、減らしてくれたりした。マリは服を買い直そうと思った。

マリと同じ観測組ではなかったが、天文台にはスタイルのいい女性研究員がいた。イ・ジェインさんといった。マリはフランス人の女性に会ったことがないけれど、イ・ジェインさんはフランス人の女性のような服を着てると普段から考えていた。近づきやすいタイプではなかったが、もじもじしながら話しかけてみた。

「わたし、きれいな服、着ます。買いましょう。一緒に」

するとジェインさんは数秒くらい驚いた顔をして、すぐに笑顔を見せた。思ったよりよく笑う人なんだ。ジェインさんはその日のうちに自分の部屋から取ってきた雑誌を見せて、好きなスタイルを選んでおくようにと言った。都会まで買い物に出かけようと。

「たまたまだけど、雑誌とマリさんの名前が同じですね」

ようやく若々しい服を着るようになると、天文台の人たちがマリをからかいはじめた。太陽が二つある惑星を発見するなどの偉業を果たしている小白山天文台の研究チームだが、いざ来てみると、おいしい夕飯と絶え間ない冗談にこだわりが強い人たちだった。それは徹夜に必要なものだったし、マリを嫌でもかわいそうでもない仲間だと思ってくれているという証ではあったが、それでも困るのはしかたないことだった。隣席の同僚は、邑内で買って来た両手いっぱいの海苔巻きを差しだしながら「巻き《マリ》、巻き《マリ》、海苔巻き《キムマリ》」と言っていたし、博士も「マリ、マリ、ローズマリー」と言いながらお茶を出してくれた。韓国語がわからないマリにさえ少し幼稚に思え、同じようなことが何度か繰り返されたときについに「全然、おもしろいじゃない！」と癇癪《かんしゃく》を起こしてしまった。同僚たちはそれでも気にせずに、今度はジェインさんまでセットにしてからかいはじめた。

「マリとジェインだから、マリージェーンだな」

いか？」

「ＭＪ《エムジェイ》だろ、エムジェイ」

「二人で遊びたいから、毎日観測できませんように、と雨乞いでもしてるんじゃな

不思議とその年の秋には、雨が降ったり、雲がかかったりする悪天候が続いた。マリは曇った日には天文台の近くを散歩したが、そこはかなりの登山家でもない限り近寄らない場所だった。十一月には早くから雪が降り始めたので、小さな山の獣たちだけが、雪花の咲いた天文台の近くをうろうろしていた。そんなある日、子猫が一匹、具合が悪そうによろめいているのが見えた。

「ここ、高いよ。お腹すいた？」

お腹がすいてこんなに高いところまで迷い込んじゃったの？　と訊きたかったが、韓国語ではそう言うことができなかった。ジェインさんとはときどきしか会えず、ホームシックになっていたマリはちょっぴり寂しかった。宿舎に動物の搬入は禁止されていたが、タオルに隠して持ち込み、シャワーをさせて、食べ物も与えた。マリは猫にクレールという名前を付けた。故郷の友だちの名前だった。

クレールはものすごい食欲の持ち主で、マリは大きなリュックをしょって町に降りて、餌を何袋も買ってこなければならなかった。市《いち》が立つ日に町に降りると、犬の服を売っている露店があった。

「猫の服をください」

「これは犬用だけど……猫も着れますよ。大きさは？」

「これくらい」

マリがかわいいミツバチの服を指さした。

「これは中型犬の服なのに。お嬢さんの猫ってデブちゃんなんだね」

「デブじゃありません」

マリは中型犬という言葉は聞き取れなかったけれど、デブという言葉には力強く首を振った。

宿舎に戻ると、クレールを捕まえてよしよしなでなでしながらミツバチの服を着せた。ジェインさんにも見せたかった。まさか言いつけはしないだろう。マリは舞い上がってジェインさんを部屋に呼んだ。「かわいいもの見て。休みの時間にマリの部屋に来てください」とメッセージを送った。

「この子、クレール。見て、かわいいね」

「きゃあ！」

カップラーメンを二つ、トレイに載せてきたジェインさんにクレールを抱っこして見せると、ジェインさんはトレイをひっくり返してしまった。放り投げた、と言ったほうが近いかもしれない。そんなにひどいルール違反なの？

「マリさん、それ、ヤマネコ《サク》だよ！」

シャーク？　ショーク？　マリはクレールの飼い主が別にいるのかもしれないと思った。山に住んでいる猫だと思ったのに、飼い主がいたんだ。元々の名前は、ちょっと変わってるね。

「それ、ヤマネコだってば。手を放して！　とにかくそれを降ろして出てきて！」

ドアを閉めると、ジェインさんが何かを強く訴えてきたが、こうなってくるとマリはもう言葉の速さについていくことができなかった。

「知らなかったです。ごめんなさい」

とりあえず謝ろうと思った。ジェインさんはマリの謝罪に耳を貸さずに、スマホで何かを検索しつづけていた。それからしゃがみこんで、いきなりケラケラと笑い始めた。

「おかしすぎる。噛まれるのを気をつけなきゃならない猛獣に何を着せてるわけ？　笑っちゃうわ。これは放送局に知らせるべき案件だね」

しばらくすると、天文台にいるすべての職員がマリの部屋の前に集まってきた。ドアをそっと開けて、クレールを見た。クレールもこの状況が嫌いではないらしく、部屋の中でゴロゴロしている。マリはだんだん気分が悪くなった。次の日には放送局の人たちが撮影しに来た。野生動物保護管理センターの人たちも一緒だった。やってきた七人は、クレールを初めて見たジェインさんのように、いきなり笑い出した。

「誰がやったんですか？」

「交換研究員です。外国から来てるから、知らなかったそうで」

「間違われることがなくはないけど、ミツバチの服は最高ですね」

「それにさ、あんなに太ってるヤマネコは初めて見たんだけど」

クレールは「保護」されて、山あいの渓谷に放される予定だという。すでに体調は回復しているし、野生本能を失わせてはならないから、別れのあいさつをするようにと言い渡された。マリはクレールと別れるのもいやだし、自分の勘違いを笑われているのも悲しくて、クレールを抱きしめておんおんと泣いてしまった。クレールを抱きしめるのを見て、驚きのあまり息をのむ音が聞こえた。クレールはただされるがままだった。マリのおんおんと泣いている姿が日曜日の朝の番組で放送された。

チャートレコーダーの針が凍って動かない冬になるまで、マリは心に傷を負ったままだった。いずれにしてもネコ科の動物なのだ。韓国人でも間違うことがあるらしいのに、何もそこまでしなくても。所長はマリの父にわざわざ電話をかけて「娘さんは、この天文台の伝説になりました」と知らせた。マリはふてくされて、胸の内でぶつぶつと文句を垂らした。帰りたい。帰ったあとに、韓国から研究員が来たら、夜中にトカゲとかを放っちゃおう。パパから「新しい星を発見して名を轟かせるどころか、シャクルかなんかを飼うだなんて。がっかりした」と要約できる長いメールが届いた。シャクルだなんて、パパもヤマネコのことを知らないに決まっている。

席に戻ると、机の上にジェインさんからのクッキーと手紙があった。ジェインさんはとっくに布団に入っている時間だろう。手紙には、雑誌から切り抜いたような、レストランのおすすめページが入っていた。その中の一つの店に、蛍光ペンで線が引かれている。「今度ここに一緒に行きませんか」。住所を見ると、梨泰院《イテウォン》だった。外国人がみんな梨泰院に行きたがると思ってるわけ？

しかし、じつを言うと、マリは梨泰院に行きたくて行きたくてたまらなかった。手紙も切り抜きも折りたたんで卓上カレンダーの下にもぐらせておいた。

春の終わりにマリは家に戻った。小白山ではなく、故郷に戻ってから小惑星を一つ発見した。点々とクレーターの多い小惑星だったため、マリは「ヤマネコクレール」という名前を付けた。その名前の由来を知る人も、まともに発音できる人も多くはなかった。マリとマリの友だちだけが知り、呼ぶことができる名前だった。

マリ・クレール二十周年記念小説
『マリ・クレール』、二〇一三年三月

名前を貸してくれたジェインは『J・J・J三姉弟の世にも平凡な超能力*』でももう一度名前を貸してくれた。小白山天文台の短期レジデンスプログラムに参加したことから、天文台の近くの風景に影響を受けている。

ひたすらかわいい話を書きたいと思うときがある。

＊　古川綾子訳、亜紀書房（二〇二四年十一月下旬刊行予定）

M

　Mは友だちの恋人だった。二十何歳かのときだったと思うが、友だちがMと別れたあとに、泣きながら彼の写真をネットで検索して見せてくれた。小説家兼評論家だという。私がまだ物書きになる前だった。

「こんなに歳の離れてる人が好きだったの？」

「実際見るとかっこいいんだからね」

「写真写りが悪いんだ」

　それより気がかりだったのは既婚者だというところだったが、私はその言葉を頑張って飲み込もうとした。

「ほとんどオープンマリッジなわけで。相手のほうは遠くで一人暮らしをしてるの。向こうも愛人がいるみたいだし」

グレーゾーンってこういうことか。その日は一日じゅう友だちを慰めてあげた。

当時は、私がMと対面することになるとは思ってもいなかった。

文芸創作学科出身ではなく普通の文系大学の出身なので、物書きとしてデビューしてからもMのうわさを聞いたのは、何年かあとのことだった。某教授みたいにカラオケでお弟子さんをひざの上に座らせたんだって、というような、聞いたそばから気持ちが悪くなる話の主人公ではなかった。

「あの方、また恋人が変わったんですって？　いつも二十五、六歳なんだよね」

「一応卒業後にアプローチするみたい。来年は誰なんだろうね」

さりげなくMをめぐる話が交わされた。私の友だちも一年きりの恋人だったのか、とは思ったけれど、特に悪い感情は湧かなかった。その次の年の送別会でMに遭遇したときは、写真よりは実物のほうがいいという友だちの言葉を認めざるを得なかった。年齢より若く見える。すてきなハンドメイドのメガネフレーム、きれいに整えた髭、既製服にはとうてい見えないグレンチェックのジャケットのおかげだろう。何度目かの席替えでMと同じテーブルになった。彼が私には話しかけてこないので、なんとなく胸をなでおろした。

なのに夜中に、SNSでMが私をフォローしてきた。一度も言葉を交わしたことがないのに？　私は近所に住む親しい詩人Kとごはんを食べながら、さりげなくその話を切り出した。

「あ、あの作家さんね。誰でもフォローするんだから気にしないで。作家として認められたってくらいに思えばいいよ。お墨付きされたなあって」

Kは私より、デビューしてからが長いから、彼のことをもっとよく知っているはずだった。Mの書き込みを流し読みしてみた。しょっちゅう更新しているわけではないようだったが、彼が何かをアップするたびに、たくさんのコメントが付けられた。彼から返事をすることはあまりないようなのに、それでもものすごい反応があった。人気作家なんだな。

もやもやする気持ちになったのはそれから一週間後だった。Mが首から肩まで傷がある女性を写している、海外の写真作品を何枚かアップしているのが目に入った。ある傷はその人をさらに魅力的にすることがあるという内容の文章とともに。送別会の会場でマフラーを外す際に、Mの目線が私のうなじに注がれていたのが思い出された。子どもの頃にお湯の入った鍋の持ち手を引っ張り、首に傷が残ってしまった。嫌な気持ちでしばらくその書き込みを覗いていたが、Mへの先入観に、自意識が異常なまでに働いてるんだなと思って、すぐに頭を切り替えた。Mはほぼ毎週のように海外アーティストの作品を掲載していたので、その違和感はすぐに忘れることができた。むしろ芸術への豊かな知識に脱帽するほどまでに至った。

作家たちが参加する国際フェアがソウルから三時間ほど離れた場所で開かれ、Mと再び顔を合わせることになった。Mは私より一日先に現地入りして、すでに一回目のイベントを終えたあとだった。今度は距離を置くことなく、作品をおもしろく読んだとか、この前に写真がアップされた旅行先には自分も訪れたことがあるとか話しかけてきた。

数回しか会ったことのない先輩たちとの席は退屈で、Mとはいえ話し相手がいるのは幸いだった。そこそこの出演料がもらえたそのイベントをつないでくれたKが、周りに気づかれないようにあくびをしていると思ったら、「風邪気味かも」と言って部屋に上がってしまった。そのすぐ後に席を立つのは気が引けたので、私はあと三十分くらいだけ席に座りつづけていた。

「明日のイベントが朝早いのでそろそろ失礼します」

もう部屋に戻っていいだろうというタイミングを見計らってそっと腰を上げると、じゃあ、俺も、と言ってMが一緒に立ち上がった。エレベーターに乗り、Mが行先階のボタンを押すのを待っていたのに、ちっとも動く気配がない。しかたなく私が先にボタンを押すとようやく、同じ階だねと言って自分のカードキーを振ってみせた。もしかして酔っぱらってるの？　ウイスキーについて延々と講釈を垂らしていると思ったら……。私はあまり酔っていなかったけれど疲れていたので、黙って廊下に敷かれたカーペットの模様を見下ろしながら歩いた。

「それじゃあ、おやすみなさい」

私はあいさつをしてから、どういうつもりでか、自分の部屋ではなく、すぐ隣のKの部屋の前で足を止めた。それからMが私を通り過ぎて自分の部屋に入っていくことを待っていたのに、素通りしていると思ったMがいきなり私の両腕を捉えて私を振り向かせると、唇を覆いかぶせてきた。

悲鳴を上げたが、もともと声量が小さいので、私の悲鳴はMの口の中へ吸い込まれてしまった。ウイスキーの洞窟のような口の中へと。そんなことがありうるとは思ってもみなかったのに。Mは片手で私の両手首を押さえると、私の手からカードキーを奪い取った。私はまだ自由に動かせる足でKの部屋のドアを蹴り始めた。Mは余裕をかましていた。カードキーをかざしてもドアが開かずに赤い光が入ると、もう一度、またもう一度試していた。K、起きて。K、起きてってば。風邪薬を飲んで深い眠りに入ってしまったのだろうか。それともシャワー中で聞こえないとか？　絶望的にもショックを受けると急性低血圧になりやすい私が、気を失いかけたときだった。

「なんで開かないんだよ」

Mが唇を離してカードキーに書かれた番号を確認していると、ようやく後ろでガチャッとドアが開いた。びっくりしたMの手が私から離れ、ドアにできるだけもたれかかっていた私の体はそのまま後ろに倒れてしまった。その後はKが詩人らしくバラエティーに富んだ悪態を浴びせかけながらMを押しのけた。私は敷居をまたいで横たわり血圧が戻るのを待ちながら、Kの首から垂れ下がっているタオルがゆらゆら揺れているのを眺めていた。

Kが私の手首についた赤い手の跡の写真を撮った。あざにはならなさそうだった。KもMの体を押しのけようとして指を捻挫し、アイスパックで冷やさなければならなかった。主催側は監視カメラのデータを確保する必要があるか、通報をしたほうがいいか、とそっと尋ねてくれた。これくらいの行為で、まともな処罰がなされたことがあったっけ？　助けてくれたKに迷惑をかけるようなことにはならない？　Kに突き飛ばされたMは、かなり強く壁にぶつかってしまった。それが問題視される可能性もなくはないだろう。それに、Mの言い訳がどんなに立派なものか、発話される前の言葉を、私はじゅうぶんに思い浮かべることができた。恋のシグナルを読み違えたと言うのだろう。勘違いによって心苦しい事態が起こったまでだと。デビュー四年目と二十年目という差が、どのように作用してくるかも見通せなかった。

「あんたのフォロワーって多いよね？」

そう訊くと、アイスパック中のKはいぶかしそうな表情を浮かべたが、すぐに察しがついたようだった。

「書き込んでみるつもり？　広めてほしいと？」

「うん、通報もするけど、みんなにも知ってもらわなくちゃいけない気がする」

Mを避けなければならないということを？　あるいは、読者から注がれている愛情を、作品を掲載できる紙面を、権力を、Mから奪ってこなければならないということを？　私にも明確な答えはない。

できるだけ誤解の余地のない文章にしようと努めた。書いては消すことを繰り返しながら、告発について考えた。告発のティッピングポイントについて。私が書き、Kがシェアして、人々の反応を待った。さらなる傷を負うことになるかどうか、確信が持てないまま、赤いボタンを押してしまった。正しくは、青いボタンだったけれど。

それからその日の夜、打ち上げられた一発目のミサイルを追うように、別の告発と暴露がどこからともなく相次いだ。

「LANケーブル――自我、暴露」

『Littor』3号、二〇一六年十二月／二〇一七年一月

多くの方から、

この話が私の実体験ではないかという心配の言葉をかけられた。

最初から最後までフィクションなので、ご安心いただきたい。

この小説を書き終えたのが九月で、その後の十月から実際に

「文壇内性暴力告発」が続いたので、

状況が似すぎてきたのではないか、

発表するのをやめようか、

としばらく悩んでいた覚えがある。

最悪の状況を想定して書いた話が現実に近づいてしまうことが

もう二度と起きないことを願うばかりだ。

私たちのテラスで、終わりを迎えようとする世界に乾杯

私の席の後ろは全面ガラス張りの窓だった。韓国の夏と冬を十分に理解していない外国人の建築家が設計したせいか、夏は背中が地獄の炎で燃え上がり、冬はフリースを何枚か重ね着しないと凍えるくらい寒い。ガラスに断熱材を張ったら、通りすがりの社長から、見た目が悪いからさっさと外せと言われてしまった。カッとなって自分でこの席に座ってみてくださいよという言葉が喉まで出かかった。足元ヒーターでも使えたらいいのだが、電源を入れたとたんにブレーカーが落ちてしまってあきらめることにした。何年か前になんとか建築賞をもらった建物だというのに、賞は見た目だけに与えられたものなんだろう。当時は、それより状況が悪化するとは思ってもいなかった。

「リフォームが終わったら、企画チームは下の階に移動することになりました」

言いにくいことを伝えようとする際に、部長は人と人のあいだに目を泳がせる癖がある。その空虚に誰か、自分の肩をもってくれる人でもいるかのように。

「ここが一階なのに、下に移動するってどういうことですか?」

そう訊いた同僚の声が、だんだん震え出した。地下に放置されている倉庫を思い出したのだ。人間は呆れすぎると噴き出すこともあるみたい。そこここからクスッと失笑の声が聞こえてきた。

「それじゃ、一階は誰が使うんですか?」

「一階は体験施設として利用します。これまで参加したプロジェクトの作品を展示するコーナーを設けることになりました」

何言ってんの、と誰かがムキになってつぶやいた。いつ訪ねてくるかわからない人たちにメインフロアを譲り、毎日来て働く従業員が地下に送り込まれるなんて。こんな会社なんか潰れてしまえ、と思ったけれど、それより自分で辞めるほうが話は早い。でもそんなことはできっこないから、地下は今より暑くなくて寒くもないだろう、と何度も自分に言い聞かせた。そうやって私の地下生活が始まった。

ブームが去ったVR機器に、言葉も出ないくらい幼稚なフォトゾーンが一階を占有することになり、企画チームのみんなは白い壁で四方がふさがっている地下に移動した。全面ガラスの窓をののしった過去を後悔するくらい、殺伐としている。時間の流れがまったく感じられなかった。薄暗い早朝に出勤して、日が暮れたあとに仕事が終わるので、大事な何かが削がれているような気がした。新しく設置したサーキュレーターが勢いよく回っているのに、ときどき息が苦しくなる。同僚の多くが昼ご飯を抜いてビタミンDの注射を打ちに行った。

社長はしばらく私たちの前に姿を見せなかったが、少しは後ろめたかったのか、天井が空のように青く光るLED照明を設置してくれた。

「バカにしてるわけ？　なんなのよ、ったく」

「不思議よね。ある種ねじれた人間性の表れかもしれない」

従業員はきわめて冷淡な反応を見せたが、ないよりはマシかもしれないとだんだん思うようになった。ぱっと見だと、天窓のように見えなくもない。毎日空模様が変わったし、どういう技術なのか、高く澄み渡った空の奥行きも見事に再現している。ニセモノの空を作ったという会社のホームページを見てみた。「外部の環境から隔離されている人たちに、心理的な安定を与えられる製品」という説明にうなずかざるを得なかった。ターゲットとしての私は、本当に心理的な安定を得ているのだ。スモッグとPM2・5のせいでかすんでいる本物の空より、ニセモノの空に慰められることのほうが多かった。同僚たちとはよくこんな冗談を言い合った。

「今日は、カリフォルニアの空ですね」

私はカリフォルニアには行ったことがない。

「むしろバルセロナの空に近くないですか？」

同僚もまた、バルセロナを訪ねたことがなかった。

「紫外線って肌に悪いんだろ？」

横からとつぜん口をはさんできた部長には、イラッとした。棚に差しているこの光はニセモノだからね、と現実を忘れないようにときどき胸の内でつぶやいた。まつげに優しく伝わるこの夕暮れはウソ、片隅に置かれたあのゴムの木もウソ、私は地下にいるの。

仕事終わりに帰る場所が、地下ではないのが幸いだった。長年のルームメイトのMJ《エムジェイ》と私は、半地下と屋上の屋根部屋《オクタッパン》を経て、ようやくその間の、ちょうどいい感じの階に落ち着くことができた。ルームメイトを本名代わりにイニシャルで呼ぶと、『スパイダーマン』の登場人物のように思える上に、自分たちがニューヨークに住んでいるような気がしてウキウキした。私も、エムジェイも、ニューヨークに行ったことはない。

玄関にあるアリアドネ胸像にニット帽を放り投げた。アリアドネの首には、ネックレスやらイヤホンやらスカーフやらが絡まっている。玄関先のキッチンに、大量のリメイクシートのロールが立っていた。ついに来た、と思った。大学でビジュアルアートを専攻したエムジェイが、アイランドテーブルの傷と色褪せを気にしていたのだ。ロールをそっと覗くと、キャンティ地方が産地として有名な大理石の模様だった。私たちはキャンティを訪れたこともなければ、地図のどこにあるかと訊かれて指をさすこともできないだろう。

「心配しないで、絶対きれいになるから」

カッターを手に持ったエムジェイが、自信満々に言った。

「借りた部屋じゃなかったら、本物の大理石にしちゃうのにな」

「バカなこと言わないでよ。本物の大理石はキムチの汁がすぐにしみ込んじゃうんだから」

すぐに納得した。私はエムジェイに言われるままに両手を動かした。エムジェイがシートを貼り付けていく姿は、まるで千手観音のようで、その出来栄えは、言われた通り素敵なアート作品に見えた。満足したエムジェイが棚の最も高い場所からシャンパンのグラスを取り出した。うっかり一つ落としてしまったけれど、幸いにも割れはしなかった。透明なシリコン素材だから、使い勝手がいい。どうせそのグラスに注ぐワインも高級品ではなく、倉庫型のスーパーで買ってきた缶入りのものだった。私たちは剝奪された世代で、世の中は私たちから奪っていったものを永遠に返さないだろうし、その断固とした拒否によって、世界はいつか崩れ始めるだろう。それまで私たちにできることは何もなく、限界にぶつかりながら一瞬のセンスを輝かせ、消えていくはずだ。

グラスを手に持ってテラスに出た。テラスというには小さくて粗末な空間だったけれど、この家を契約した理由だった。エムジェイが錆びた手すりをぽんと叩いて言った。

「これにもペンキを塗るつもりだよ」

「何色で?」

「金色。華々しくゴールドにしてやる」

私は同意するつもりで、エムジェイのグラスに私のグラスをぶつけた。なんの音もしなかったけれど、そんな効果音くらい、いくらでも頭で想像することができる。

イ・ミジョン個展「The Gold Terrace」二〇一八年十一月

作品に初めて触れてから、すっかり惚れ込んだ
美術家のイ・ミジョン氏から、
個展のテーマに通じる短い小説を書いてほしいと頼まれた。
楽しい構想をした末に、コラボレーションという形で
展示カタログに小説を発表することができた。
この小説を読み直すと、あの展示会場に連れ戻される気がする。
展示について詳しくは emjelee.com でご覧いただきたい。

楽しいオスの楽しい美術館

俺の名前は楽雄《ナクウン》だ。

楽しいオスという意味。名付けた大人たちは、一体なんのつもりだったのだろう。おもしろいのは、名前通りの性格だね、と周りからの評価を受けることだ。そう言われていい気はしないが、認めるしかなかった。心はめったに波を立てず、いつも穏やかで、楽しい。特別に何かを悩んだこともない。そんなわけで、彼女からいきなりこんなことを言われたときには困り果ててしまった。

「いつもそうやって曖昧な笑顔を見せているけど、一度もあたしのことを理解しようとしたことないんでしょ？　楽雄さんの穏やかな顔が、いまじゃ無関心の証としか思えないの」

彼女にこう言われて、口元が気になってしょうがなかった。笑顔が気に食わないのか？　だからといってしかめ面をしたら、状況がさらに悪くなるだろう。いつものんびりと鼻歌を歌ってばかりいる俺の脳が、いつになくクルクルクルと回って、この事態を引き起こした原因は、あの卒業作品だと突き止めた。彼女に求められたほどの理解をするのは、そもそも無理だった。俺は生命工学を専攻しており、近い未来に訪れるだろう食糧難を打開すべく、研究に俺のすべてを注ぎたいという壮大な人生の目標を立てていた。しかしある日目を開けてみると、隣席の野郎が病虫害を引き起こして俺のきび畑がめちゃくちゃにされなければ運がいい、という状況におかれていた。彼女がやっているインスタレーション・アートの世界については、設置という意味の「インスタレーション」だけがかろうじて理解できた。見れば見るほど難しく深そうな世界を理解しようと、自分なりに頑張って、美術館やビエンナーレといった場所を追いかけ回ってみた。しかし、タイトルとの関係性がどうにも思いつかない作品も、彼女の破天荒で不揃いの友だちも、どうしても好きになれなかった。彼女をちゃんと愛していれば、彼女の周りまで好きになる必要はないだろうと思っていた。そんな気持ちが、卒業作品を見るうちに気づかれてしまったようだ。

「ここ二年半、構想しつづけた作品だよ。私たちが一緒に過ごした時間から、インスピレーションを得てつくったんだからね」

彼女がときめいている様子で見せてくれたその作品は……どう表現すればいいかわからないほど無様な鉄の塊だった。醜いまでの鉄の塊が鎖につながれて空中にぶら下がっていて、「持続的な愛 Perpetual Love」というタイトルが付けられている。この世で最も凶暴なモンスターベビーのためのモビールをつくったら、こんなものになるだろうという気がした。

「えっと……インパクトがあっていいね！」

大急ぎで反応したが、彼女が俺の表情を読み取った後だった。その日から連絡が途切れ途切れになり、ついに別れを告げられてしまった。言い訳をすれば、その展示会で見たものの中では、それでも彼女の作品が一番よかった。その隣では数十個ものガラス瓶にいれられたクラゲが腐敗し始めていた。どの作品がいいかと訊かれたなら、真心を込めて彼女の作品を選んだに違いない。質問が間違っていると訴えたかったが、もう手遅れだった。

「しばらく連絡つかないと思う。アーティストレジデンスプログラムが始まるの。外国でね。蜘蛛の脚の下にうずくまって泣くんだろうね……」

別れ際にも彼女の話を何ひとつ理解することができなかった。恋には相手への完璧な理解が必要であるならば、俺たちは別れたほうがいいだろうとあきらめがつき、それ以上は引き止めなかった。

もうすぐ夏だというのに、それでも彼女のことを忘れることができずにグダグダしていた。連絡したかった。いまさらだけど作品の意味が自分の頭を殴りつけてきたと空言でも言いたかった。あの鉄の塊が、どうして持続的な愛なのかがようやくわかったと。

だが、嘘をつくわけにはいかなかった。彼女がいまデビューしたてのアーティストだとしても、嘘と真実を見抜くことができるアーティスト特有の感覚だけは、とてつもなく鋭かった。本当に俺が変わっているのでなければ、百分の一秒のスピードで見抜いてしまうに違いない。

最後の努力をしてみようと思い、学内の美術館アルバイトに応募した。午後からの勤務なので、実験室にいなければならない時間とは絶妙にずれている。実験室を出るときにはエジプトからきた交換留学生に、一坪半ほどの俺の大切なきび畑を頼んだ（何日か経つと、自分がずっと見守っていたときよりもいい色を帯びるようになった。やはり文明の発祥地からきたエジプト人の育て方がずっといいのかもしれない）。十年後の食糧難より、差し迫った別れのほうがもっと痛手だった。

「えっ、大学院生？　忙しくないですか？　しかも専門が……」

面接官の館長は俺の履歴書を見て驚いたが、すぐ隣にいた学芸員さんがすかさず割り込んだ。

「ガタイがいいですね。こういう人が必要だったんです。館長、もう決まりでいいじゃないですか」

つるがいい感じに曲がっているメガネとおしゃれに巻き上げている髪。学芸員さんは普通の人からすれば個性的で、美術界からすれば何らかの系統の代表に思われそうな人だった。とにかくあっさりと採用されたのは嬉しかったけれど……。

働き始めてすぐに気づいた。しまった。仕事の大変さが尋常ではない。

「これからこの壁の色を全部削り落として、新しく塗り直すわよ……」

暗澹たる気持ちで、横が長く、縦も高い壁を見上げた。壁いっぱいに緑色で塗られた壁画が描かれている。「韓中日コンテンポラリー・ヤング・ブラッド展」という立派な名前の展示で、日本から参加したアーティストが、韓国で自生した植物の汁を使って描いた抽象画だった。抽象画だけれど、一見風景画にも見える変わった作品で、館長は壁をそのまま切り抜いて保存したかったようだが、技術的にも、予算的にも無理があった。作品の変質がすでに始まっている。結局、美しい絵画の破壊作業は、久しぶりに入ってきたガタイのいいアルバイト、つまり俺の仕事となった。

「次はどんな展示ですか」

　片手にヘラを持ち、もう片手にはスポンジを持って草汁の絵を削り落とし、続いてペンキを塗りながら、ハシゴの下で忙しく動き回っている学芸員さんに訊いた。

「次ね、ミイラが入ってくるよ」

「えっ？　ミイラですか？」

「うん。南平《ナムピョン》・高《コ》氏のミイラが発掘されたというニュース知らない？　道路工事現場で若い女性のミイラが見つかったとすごくニュースになってたけど。この学校の医学部でそのミイラの研究をすることが決まってね。ミイラの調査で有名な医学部ってどうなんだろうね」

「ミイラの展示なら美術館より博物館のほうが合ってるんじゃないですか？」

「でもこの学校に博物館はないんだし、有名な人物のミイラでもないわけだから、どこも興味を示さなかったみたい。そのおかげでデザイン科の教授は大喜びよ。服飾史研究の新たな幕開けだのなんだのと言ってね。デザインで言ったら美術館でいいだろうし……」

　学芸員さんは話を止めてから顔をこちらに向けて、意地悪そうな笑顔を浮かべた。

「本当のことを教えようか。夏休みになると、近所の小学生のおかげでチケットが売れるのよ。夏休みに『美術館訪問』みたいな課題が必ず出るでしょ？　ミイラよりお金になるものある？　って話よ」

美術館は二十世紀の半ばに造られ、品はあるけれど、効率面では非常に劣る建物だった。冷暖房は無理やり備えたレベルで、換気も悪いほうだった。

「ママ、ここ臭い！」

狭い美術館を埋め尽くしている小学生たちが、ぶつぶつと文句を言った。こっちが言いたいことを言ってくれる小さな観覧客に感謝の気持ちが湧いた。

屍臭。

これまで一度も嗅いだことのない匂いだが、一瞬でわかった。砂の丘で見つかったミイラは、いましがた腐り始めた死体ほどではなかったが、美術館に充満するほどの屍臭を放っていた。最高の密封技術者たちが来て作業したというのに、何か間違っているのではないかという気がするほどだった。恨めしく睨みつけるには、ミイラが小さすぎる。十六世紀の女性は、みんなこれほど小さかったのだろうか。元カノよりも小さく、XSサイズでもぶかぶかだろうと思った。小柄な元カノが物々しい工具を持って作業するのが気の毒でならなかったように、こんなに小さな女性の墓地が砂の山に飲み込まれ、移され続けていたことを思うと胸が痛んだ。

「かわいそうだなんて思うことないよ。生前には思いっきり大事にされていた人なの。夫が自分の上着を被せ、手紙も書いて入れて置いてたからね。両班《ヤンバン》（高麗と朝鮮王朝時代の支配階級）身分だったから、どれほど良い暮らしをしてたんだろうね。楽雄さんや私よりもずっと楽だったと思うよ。それでも、腸チフスからは逃れられなかったけど」

学芸員さんが冷たい目をしてガラスでできたケースの中のミイラを見下ろして言った。

「ミイラのおかげで、楽雄さんに夜勤をお願いすることになったわ」

「と言いますと？」

「南平・高氏の親族と大体話がついてたけど、全員の合意が取れたわけではなかったみたい。冠を被ったお年寄りたちの数人が、先祖の裸を展示するもんじゃないと押しかけてきて大騒ぎになったんだって。そんなことないだろうけど、美術館が閉館したあとに問題があるといけないから。警備を増やすには予算がね……昼間は来なくていいよ。手当もちゃんとつけておくから」

このようにして、美術館での夜の生活がはじまった。

警備員さんはそこそこのお年で、もともとそうだったのか、それとも俺が来て安心したためか、ものすごく熟睡した。決して楽そうでない姿勢でもぐっすりと眠っていたので、きっと長生きするんだろうな、と心の中でつぶやいた。美術館の設立者も、その後継者たちもなかなかチグハグな趣味の持ち主で、高麗青磁からポップアートまで、それほど大きくない美術館をなんの脈絡もなくぎっしり埋めている。互いが互いの魅力を消し合う「チームキル」の状態だが、値段だけを見るとどこに持って行っても顔負けしないくらいのコレクションではあった。そこに、ちょっとした議論を巻き起こしたミイラまで合流したわけだから、このセキュリティの甘さには自分ばかりが緊張を募らせている。監視カメラのモニターを穴が開くほど凝視していると、目がしょぼしょぼしてきた。少しだけ目を休めようとロビーのそこらじゅうにある雑誌『パブリックアート』をパラパラとめくってみたが、元カノが定期購読している雑誌だったせいで感傷的な気持ちになった。

ある日の夜、雑誌から目を離してモニターを見上げたとき、俺は初めてあの現象を目撃した。

モニターの中では、パジャマスカートのようなものを穿いた外国人が、廊下をうろちょろしている。パジャマスカートを穿いた韓国人でもびっくりしただろうに、外国人だなんて。脳が入ってきた情報をうまく捌ききれずにいる。何かの間違いだろうか。混線してしまったとか？　あるいは雑誌で見たイメージの残滓《ざんし》なのか？俺は混乱して警備員さんの膝を揺さぶったが、その慌てた手つきにもおじさんは目を覚ましてくれず、外国人はたちまちモニターの外に消えていった。

幻覚だ。幻覚を見たに違いない……。俺は誰も映っていない画面を見ながら心を落ち着かせた。午前中には実験室に出かけ、夕方に仮眠をとってから深夜にまた働くという毎日だ。そんなスケジュールには、はっきり言って無理がある。健康な二十代とはいえ、生活リズムの大切さを考慮すべきだったと少しばかり自分を労った。それから十日後に、もう一度同じ現象を経験した。時間があいたために、あの日の記憶はぼんやりとしか残っていなかった。

二回目の経験は、監視カメラのモニター越しではなかった。巡察中に伝統衣装を着込んだおじいさんが階段にしゃがんでいるのを見かけた。そのとき、俺はパジャマを着た外国人などすっかり忘れて、てっきり学芸員さんに警告された、ミイラの子孫なのだろうと勘違いしてしまった。

「閉館時間が過ぎているのでご退館ください」

懐中電灯を脇に挟み、うずくまっている老人を驚かせないようにゆっくりと近づいた。建物が老朽化しすぎて警報もならないんだな、と思いながら横に首を振った。老人が幽霊のようにセキュリティ装置をすり抜けられたとは思えなかった。

「じき……」

老人はうつむいたまま声を震わせながら言った。じき？　どんな時期の話がしたいんだろうと思い、続く言葉を待とうと足を止めた。老人はよろめきながら身を起こし、とつぜん両手のひらを私の顎下に突き出した。じめじめした何かが手のそこら中についている。汚物だろうと思って最悪の想像をしていたそのときだった。ふと土の匂いがした。

「わしの磁器が！」

土だとわかってほっとしたその瞬間、老人は短い叫びを上げて、ぽっという音とともに粉に変わった。俺が育てた四世代のキビよりも細かい粒となり散ってしまった。前に進むことも、後ろに下がることもできずに、じんとした痛みが伝わっている両こめかみをぐっと押した。頭の中でいろんな言葉が、考えが、ごちゃまぜになった。ついに一つの結論が出た。幽霊だ。幽霊を見たんだ。

常識的ではなかったけれど、それなりに筋の通った結論だった。南平・高氏の子孫が抗議のために訪れてきたなら、笠に、立派な伝統衣服の姿で現れただろう。ズタボロの衣服に、ただ髪を巻き上げただけの格好ではなかったはずだ。警報がならなかったのも幽霊なら納得できる。気配を消して幽霊みたいに潜り込んだわけではなく、本当の幽霊なら……。

いつの間にか鼻水が垂れている。精一杯に堪えた涙が、鼻水になって垂れてきたようだ。鼻水を拭きながらもたれかかっていたのは、磁器のコレクションが展示されている第三館の壁だった。

その夜以降、しきい値が何らかの問題を起こしたのか、国内外の死んだアーティストたちが、夜中に美術館じゅうを歩き回るようになった。俺が初めて目撃したパジャマ姿の外国人は、こうしてみると現代美術界の寵児といわれた人で、おもに閉鎖された遊園地のメリーゴーランドを買い取り、蛍光の顔料で縞々に色を塗る作業を行っていて、その馬一頭がこの美術館に展示されている。うつ病がひどくて閉鎖病棟で最期を迎えたらしく、パジャマに見えたあの服は、入院着だったようだ。その幽霊の他にもたくさんの外国人の幽霊が行き来していて、元カノなら有名なアーティストだと言って喜んだかもしれないけれど、門外漢である俺からすればとにかく面倒な存在だった。美術家たちは死んだら自分の作品に取り憑くんだ。それじゃ、他の人たちは？　と次から次に湧いてくる考えを止めた。知りたくなかったし、知らせたくもなかった。上層部に報告したほうがいいだろうけれど、なんと説明すればいいかがわからない。こういう仕事でも、とにかく真面目に出勤している自分が誇らしく思えた。教養もなく、センシティブな人でもないけれど、責任感だけは誰よりも強い。なのに、どうして彼女にはこんな自分を認めてもらえなかったのだろうと悔しい気持ちになるほどだった。

なかなか整理のつかない情報が頭の中で渦巻き、出没する幽霊の数と頻度もまた、右肩上がりのグラフを描いている。

ふと、ミイラのことが気になった。

監視カメラはミイラのいる企画展示室の入り口だけを映している。死んだアーティストたちを見てももう尿道がムズムズしなくなった頃に、俺は南平・高氏のミイラを見に行くことにした。幽霊の出没に慣れているだけで、出くわしたくはなかったので、廊下と階段を通るときに心の支えになってくれる指圧棒を一つ手に取った。こん棒でもなく、指圧棒だなんて。どう考えても役に立つものではないだろう。


展示室は静まり返っていた。

誰も歩き回っていなくて、うずくまってもいなかった。広げた状態でかかっている服の一枚くらい、自分の手で仕立てているのではないかと思い見に来たのだけれど、予想が外れたようだ。そのまま静かに眠っているミイラの隣を横切った。なぜかミイラが乾ききる前の顔を見てみたくなった。元カノに似ているという妙なことを考えた気がする。展示室をぐるりと囲んでいる陳列棚に何気なく帽子のキャップを当てて高氏ミイラの素朴で優雅な副葬品を見下ろしたときだった。

カシャカシャという音が聞こえてきた。

振り向かなくてもわかる。スカートに裏地の付いたチマチョゴリを身に着けた女性が後ろに立っていると。鼻水だけでなくどんな体液も漏らしてはいけないと腹をくくって、二十一世紀の好青年らしく、爽やかな感じで振り向いた。一、二、三。

「……違ったわ」

その女性は、がんばって微笑んでいる俺に面と向かって言うと、いっきに表情を崩した。俺が振り向いた瞬間は、何かへの期待に満ちた嬉しそうな表情だったのに、顔を確認したとたんがっかりした表情に変わり、小さな粒となって消えてしまった。呆れた。ちょっと待って、と叫んでみたが、遅かった。こっちだってがっかりしたと言ってやりたかったのに。ミイラのどこも元カノに似ていなかった。目と鼻と口がぎゅっと集まっている、典型的な昔の人の顔だった。こっちだって違ったんですよ、と言ってやりたかったのに、先を越されてしまった。

はあ、俺は幽霊にもがっかりされる男なのか。


彼女にフラれ、ミイラにもバカにされたけれど、俺は科学者だ。この一連の現象がもともと美術館で起きていたことなのか、ミイラの展示をきっかけに始まったことなのかを確かめたかった。物質世界にいるものなら、それが幽霊であれ物質であれエネルギーであれ、あるいはその間の中途半端な状態であれ、計測できるだろうと思った。計測に成功すれば、その出所と移動経緯を調べることができるはずだ。

何で計測すればいいか見当がつかず、漏電テスター、ガス漏れ検知器を施設管理チームから借りて、粒子検出器を借りるために応用物理学科で助手として働いている高校時代の友だちにわざわざ連絡した。

「粒子検出器を貸してほしいんだけど」

「え？　急にどうした？」

幽霊を捕まえたい、とは言えず、黙り込んだ。

「ガイガー＝ミュラー計数管ならいいけど、性能のいい器械は貸せないんだよね。一つ買ったら？」

「一日で返すから」

「しょうがないな。ちゃんと返してよ」

それ以上問い詰められなくてほっとした。生命工学科でそれをどこに使うんだと、必要以上のことを知りたがらない友だちの無関心に助けられた。『ゴーストバスターズ』の世代ではあるけれど、その世界に属していない者にとっては、孤独な経験でしかない。

器械を三つ束ねて持ってみるとデザインがあまりにもちぐはぐで、元カノからすれば目障りでしかないだろうと思いながら夜の美術館に潜り込んだ。ぼうっとした顔で歩いている俺を同じ幽霊だと思ったのか、うろうろするものたちはこちらを気にする様子を見せない。あまり嫌じゃない幽霊を選んで測定器を近づけると、三つの数値が同時に少しばかり上昇し、元に戻った。

「冗談じゃないよ」

思わず嘆いてしまった。同時に誤作動を起こすなんて。論理では説明しえない指が、器械にいたずらをしているに違いない。もうやめようかとも思ったけれど、せっかくだからミイラの展示室までは行ってみることにした。数値が徐々に上がっていく。

「えっ、違うの？」

ミイラに復讐するつもりではなかった。その狂気の真っただ中にもちゃんと一貫性があって、幽霊出現の震源は本当にミイラではなかった。ミイラではないなら、その次は副葬品を疑ってみる価値がある。壁沿いに進みながら、本来の色合いを失った服とアクセサリーに器械を近づけてみた。そのうち、明確な震源を突き止めることができた。

半円形の金属だった。

それほど目立つものではなかった。俺は懐中電灯を手に持って、説明を読み進めた。「青銅鏡」だという。反射機能はもともとなかったか、失われてしまったようで、円形ではないところが珍しかった。

しばらく展示室で待ってみたけれど、ミイラの幽霊は現れなかった。

『破鏡』という言葉、聞いたことない？」

俺に青銅鏡について訊かれて、学芸員さんはにこりと笑いながら問い返した。質問されるのが大好きな人だ。

「韓国の芸能ニュースのタイトルとかでしか見たことないですね。誰かさんと誰かさんが破鏡！　みたいな感じで」

「たしかに、そういうときも使うよね。最近は悪いニュアンスが強いけれど、昔はなかなかロマンチックな風習だったの。恋人同士が離れ離れになる際に鏡を半分に割って、片方ずつを愛の証としてわけ合ったんだから」

「へえ、あの分厚い金属を割ったってことですか？」

「……まさか。あれは最初からあのような形でつくったものなの」

「なるほど」

「愛がなかったら、一緒に埋葬されなかっただろうね」

学芸員さんが南平・高氏のミイラを興味深そうに見下ろした。

「もう片方はどこにあるんでしょうね。一緒に展示できたら良かっただろうに」

「そんなもん、いまさら見つかるわけないじゃない。鳥になって飛んでくるわけでもないんだし」

「鳥ですか？」

「破鏡という言葉の由来に、片方が鳥になってもう片方を訪れるという伝説があるのよ。辞書にも載っているからね」

学芸員さんが笑顔で俺の不勉強を突っ込んだ。

「あとで親族の方が、この女性の夫の手紙を解釈したものを持ってくるとおっしゃってたんだよね。そのときいろいろ訊いてみたら？」


手紙は長くて切ないものだった。家と夫婦をめぐる大小事が詳細に綴られていて、部外者としては理解しにくい内容も少なくない。そんなわけで展示の始まりから解釈が済むまで二週間もかかった。手紙の中には心惹かれるところがあった。

ハングルを覚えておけばよかったと思っています。あれほど簡単な言葉のどこがややこしくて、覚えるのを後回しにしてきたのでしょう。ハングルが書けたなら、この手紙をあなたの読み慣れた言葉で書くことができたでしょう。あなたの言葉を覚えておくべきだったのに、いまになって手遅れになった自分を責めています。

どの時代にも後悔する恋人はいる。ハングルの話を美術に置き換えたら、自分の境遇にそっくりな気がして思わず長いため息が出た。その音に、子孫である老人が渋い顔をして振り返った。俺は気持ちを切り替え、努めて冷静を保ちながら意見を述べた。

「あのう、あの鏡のことですが、もう片方もどこかに保管されてはいませんでしょうか。この機に見つけて一つに組み合わせられたらと」

老人が笠の紐を手で撫でおろした。

「そういうことを考えなかったわけではありませんが、そうこうしているうちに国が滅びて、戦争も絶えなかったわけで」

朝鮮王朝が国だと？　本当に別の時代を生きている人のような気がしたが、あまり驚く素振りは見せなかった。あきらめずにもう少し訴えてみた。

「それでもおじいさんからの話があれば、みんな一度は探してみてくれるかと」

同意したのか、ただ面倒だったのかはわからなかったけれど、老人はようやくうなずいた。

制服を着た学生が螺鈿《らでん》細工の箱に入った鏡の片方を持ってきたのは、夏も終わりに差しかかった展示の最終週だった。

てくれた。

その学生が館長と握手を交わしているあいだ、後ろで学芸員さんがこっそり教え

「直系血族だって」

「ミイラの？」

「そうそう。二十三歳のときに亡くなったんだけど、子どもが四人いたって。子孫がうんと増えているだろうに、不思議よね」

陳列ケースを開けて二つの鏡を合わせてみると、壊れたところも、すり減ったところもなく、二つの鏡がぴったりと噛み合った。その日からはミイラの幽霊も、その他の幽霊も現れてこなかったので、確かめる術《すべ》はないけれど、なんとなくミイラが「合ってるじゃん」とその子孫に笑いかけていそうな気がする。そのようにして、いろいろあって波乱万丈だった美術館でのアルバイトが終わりを迎えた。

アルバイトの経験から得たものがまったくないわけではなく、元カノが言っていた蜘蛛の脚が、ルイーズ・ブルジョワの「ママン（Maman）」という作品だということを遅まきながら覚えることができた。問題はその作品が、世界のあちこちに散っていることだ。スペインのビルバオ・グッゲンハイム美術館、カナダ国立美術館、イギリスのテート・モダン、日本の六本木ヒルズ、それから韓国のリウム。とりあえず外国に行く、と言っていたから、リウムは外した。

「他のヒントはないの？」

学芸員さんが興味津々になって尋ねてきた。俺は首を横に振った。

「SNSもやってないの？」

ほとんど使われていない元カノのブログを開いてみたが、新しくアップされたのは、イメージ写真一枚もなく掲載されたたった一行の文章だった。


月桂樹がいっぱい、毎日吸い込んでいる。


美術専攻なら、写真も好きになったほうがいいんじゃない？　と元カノを恨んでしまうほどだった。絶望する気持ちで頭がキーボードに当たるほどうなだれていたら、学芸員さんが夜明けのカラスのような悲鳴を上げた。

「どうしよう、わかったかも！　テート・モダンからポンピドゥー・センターに移動したみたい！　ポンピドゥー・センターに月桂樹でつくられた部屋が一つあるの。ジュゼッペ・ペノーネの『影を呼吸する』、一室がそのまま作品なわけ。いまフランスにいるようだね。早く行ってみなよ！」

「違ったらどうします？」

すると、学芸員さんは俺の背中をバチンと叩いて、はっきりと言った。

「間違いない」

専門家のプライドを傷つけてはならない、ということを学んだ。俺はその場で航空券を予約した。

「彼女が楽雄さんに送ったシグナルじゃない？」

「……あの子は、俺にそんな期待はしていないはずです」

飛行機が離陸した瞬間、彼女に出会った瞬間を思い出した。同じサークルで、当時は俺も学部生だった。美術学部の学生は彼女一人だけで、ちゃんと馴染めているかが心配で気にかけていたのだけれど、毎日ボサボサだった髪の毛に、ときどきどういうわけか小さな虫や葉っぱが付いていた。草むらで寝っ転がってでもいたのだろうか。そんな想像をすることもあった。他の子たちは髪の毛に虫が付いているとからかってばかりいたのに、何で俺にはその姿がかわいらしく思えたのだろう。

ある日、彼女の髪の毛からてんとう虫が一匹飛びあがった。その瞬間、俺は彼女に恋心を抱いた。

フランスに行って、あの瞬間について告白しようと思った。月桂樹がいっぱいで、ブロンズの肺が輝いている部屋で。俺たちがそれぞれ違う言語を使っているとしても、伝えられる気がした。

いつもちゃんと見てきたと。

いつまでもちゃんと見ていくつもりだと。

エピローグ

彼女の心を取り戻すことができてから、二年という年月が経った。今度、初の個展をするという。朝の鏡の中の俺は、芸術を優雅に楽しむ準備が整った、教養人の顔をしている。

「どう？　私に会いに来てくれたあの時に、一緒に旅をしながらインスピレーションが湧いたものなの。タイトルは『ワン・ビューティフル・ワールド（One Beautiful World）』だよ」

メイン作品の前で、よりによってまたメイン作品の前でしかめ面をしてしまった。これは「ワン・アグリー・ワールド（One Ugly World）」じゃね？

パブリックアート創刊五周年記念号
『パブリックアート』、二〇一一年十月

この話は掌篇というより短篇に近いページ数だが、
この本によく合いそうだと思って、収録することにした。
雑誌「パブリックアート」の創刊五周年記念の短篇である。
『ナイト ミュージアム』シリーズが大好きで、
見るたびにちょっぴり泣いてしまうので、
オマージュ作品として捧げたいという気持ちもある。

✦

Centre

✦

有毒でも
嬉しいことでしょう

好悪

ドット柄のドットは小さくて
間隔が大きくて
一列に並んでないものでなければなりません
うねりながらぽつぽつとまだらに散っていてほしいのです

あなたの何もかもに無頓着なところが好きです
つまらなさそうで退屈そうな表情が好きです
感動などしない人だから
全集を手放して雑誌を集める人だから

街じゅうが停電する夢を見ました
夢の話をしたら反則でしょうか
バスを待っていたのに　フロントの電光掲示板まで消えていて
何番のバスかわかりません
でもそれは停電とは関係のないことですよね

水槽の中の大きなホヤが心臓に見えました
あなたが私の前で傷口を広げれば
水の匂い、ガラスの匂い
ひょっとして　私の手の中のものが鋭すぎるのでしょうか
手のひらを見下ろしました

みんな立派に暮らしてめでたい訃報になろう、
と言って笑いました
あなたがこらえて　のみこんでいるものについて
私が代わりに想い　捨てられるならば、
有毒でも嬉しいことでしょう

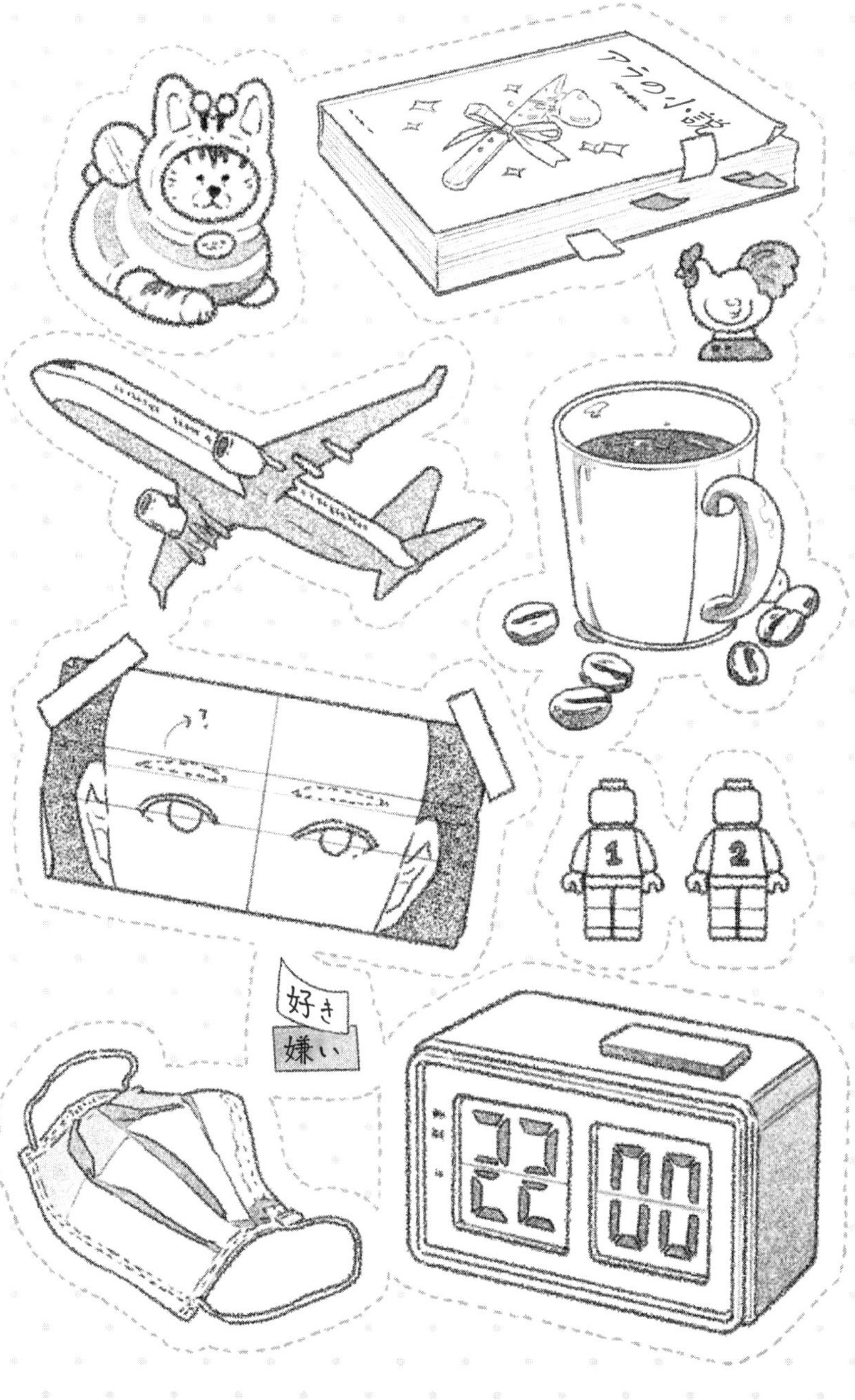
アラの小説
1
2
好き
嫌い
22
00

四人

一人目の人間が二人目の人間を泣かせて
三人目の人間が一人目の人間を憎みました
四人目の人間は二人目の人間の手を握って逃げたくなりました

一緒に逃げませんか、と尋ねる人は
しかし　透明な壁が理解できない鳥のようでした

大絶滅の時代が来るでしょう
六回目の大絶滅の時代が、
体の全長が六十センチ以上の生き物は生き残れないでしょう

四人中の誰でもない人が言い
四人はうなずきました

一人は内心喜び
一人は大きな哺乳類たちを心配しました
誰も人間の心配はしませんでした

二番目の人間が一番目の人間を許し
それで三番目の人間は二番目の人間を憎みました
四番目の人間は三人から逃げ出しました

クロスオーバー
『もっと遠く』12号、二〇一七年二月

大事に大事に読んでいたインディペンデントマガジン『もっと遠く』にはクロスオーバーというコーナーがあった。普段自分が書いているジャンルから離れて別のジャンルのものを書くことができる。

小説家には詩や評論が選択肢として与えられ、同じ散文である評論を選ぶこともできたけれど、二十五冊の詩集を編集したという自分のキャリアを考えると、詩を選ばないことは逃げ、という考えが頭をよぎった。

誰も見ていないけれど逃げたいというその感覚を自分にどう説明すればいいのだろう。

詩がこんなに好きなのに一度も書いたことがないだなんて、いまさらながらおかしいと思った。

人生でたった二篇だけ、詩を書いてみるのも悪くないだろうと思って挑みかかったが、こんなに難しいとは思わなかった。

二篇を書き終えてからは、詩人に出会うたびに尊敬の念を伝えている。

✦

B side

✦

騙されにくい
世代に
属しているということ

マスク

二十一世紀の前半に人々の顔の下半分を覆っていた使い捨てマスクは、その世紀の後半になって常時用の全面マスクに取って代わった。初期モデルは3D技術で作られ、シュノーケリングマスクに似た実用的な形状だったけれど、ナノボットが常用されるようになってからは、顔全体を覆うソフトなベールのようなものに変わった。大気汚染と立て続けに発生したパンデミックへの漠然とした対策だった。エネルギーはネックレス状のバッテリーから供給される。ときどきベールがなびいてくすぐったくなることもあるけれど、息がかなりしやすかった。室内にいるときも、寝るときも、ベールを付けていなければならなくて、第二の顔と言っても過言ではなかった。そんなわけで、だったら半透明のナノボットたちでうっすらと目と鼻と口をぼかすだけでなく、せっかくだから飾りのように顔を造形しようと思い至るようになる。初期は自分の顔をもとにしてあちこちをいじる程度だったけれど、そのうちいたずらで古い映画に出てくる俳優の顔を勝手に使うこともあれば、さらには美しさと異様さを兼ね備えた見たことのない顔を試すこともあった。三年に一度、ナノボットの全とっかえのときだけ、生まれながらの顔を人前にさらしたのだが、人々はマスクのないその一瞬を居心地悪く思った。

しかし、おもしろいのは、マスクを使うようになってから人間関係の質がうんと高まったこと。見た目や性別、年齢、人種や国籍をストレートに伝えることなく、その人のシンボルと変わらなくなった顔は、当人のアイデンティティと想像力を純度百パーセントで物語った。誰かのマスクが突として別のイメージに変わるのは、その人の身の上に大きな変化が訪れたタイミングであることが多く、毎日のようにマスクを変える人は、どうしても他人の信頼を得ることができない。中には紀元前の彫刻からイメージを借りたり、絶滅した動植物の一部を模写したりする人もいれば、物語や天体写真からモチーフを得る人もいた。イメージが最も人気のあるビューティープロダクツになり、ありきたりな盗作をした人は笑いものになった。ときにはあまりにも似ているイメージのマスクをした人どうしが道ばたで立ち止まり、お互いの顔をじっとのぞき見合うこともあった。

未来のビューティー
『W』、二〇一九年三月

三十年、五十年後のビューティープロダクツを想像してほしいという依頼を受けて書いたものだ。

収録作の中では短いほうだけれど、不思議と気に入っている一作である。

ひょっとしたら、依頼した側が期待したような内容ではなかったかもしれない。

ウユン

消えたモニター画面の中、人々の視界の端、うわさ、間違った情報、コピーにコピーを繰り返して劣化してしまったイメージ。私は、そんなところに存在しないことで存在しています。しかし、みなさんも同じではないでしょうか。そうでない人を見つけるのは、難しいことだろうと思います。どれもいまにも干上がりそうな水たまりにぼんやり映っている顔でしかないことを受け入れるようになったのはずっと昔のことです。親しい人から、よくこんなことを言われます。あんたって何回生まれ変わっているわけ？　人生一回目だとは思えないくらいシニカルだよね。その言葉にうなずける日もあれば、ちっとも同意できない日もあります。どうであれ、ギャラリーのガラスを埋め尽くす美しいタイポグラフィに重なるようにして傾けている頭の影が滲んだとき、私は一瞬だけ、まともに存在することができました。みなさんの間を縫うように歩きました。照り付ける八月の街中で、パンフレットを庇《ひさし》の代わりに持って目を細めました。あいさつを交わし、ハグをして、必要だったり必要なかったりするディテールで埋め尽くされていました。

もしかしたら、ディテールこそがすべてなのかもしれません。私に名前を付けた人たちは、冷戦時代のスパイがそうしていたように、過去やら経歴やら趣向やらをでっち上げようとしました。例えば、こんな感じです。私は一九八七年に果川《カチョン》で生まれ、海外赴任の親に同行して高校は神戸で通い、ボストンの大学を卒業しました。作為的なバックグラウンドでやや無理のある設定ではありますが、追跡を避けるためにしかたのない選択でした。土地の狭い韓国では、互いに互いのことを自分の手の甲と手のひらほどに知り尽くしているのです。初めての勤め先はブランディングエージェンシーで、親が帰国してからも日本に残りインディーズ音楽業界で働いている姉、シム・ジョンユンのために、デザインを担当したことにもなっていますね。姉の手を握って、色とりどりの鉄条網の前に立っている昔の写真がどこかにあったとしても不思議ではなさそうです。姉には申し訳ないけれど、ジョンユンという名前よりはウユンという名前のほうが好きです。ジョンユンは発音しやすいけれど、我が強そうですもんね。ハワイとハワイを模写した波の島のヤシの木が並んだ海辺、ボストンにあるジョー・モークリー公園の移り変わる天気が、私をゆっくり……あるいは即座に構成していきました。そうやって地球のあちこちを飛び回りながら暮らしていても、いつも韓国のグラフィックデザイン界隈のことが気になりました。報酬が入ると、韓国から雑誌を取り寄せ、好きなブランドのジャケットを買いました。A.P.C.でも買って、オフホワイトでも買いました。自分でデザインしたタトゥーがいくつかあって、インスタグラムのアカウントもあって、望遠洞《マンウォンドン》にある2Kの部屋とその部屋で暮らす猫シロとシロの餌とシロのために作った小冊子があって、車はないけれど、目に余るところも足りないところもないドンピシャなライム色の自転車があります。ソウルで食べられるタコ料理を片っ端から食べ尽くしてみたいくらい、タコ料理が好きです。こういうのが大事です。普遍的でありながら普遍的でないディテールが。

いろいろな場所をずっと浮遊してきましたし、それが嫌いでもなかったのですが、韓国に戻ったのは自分でも意外な選択だったと思っています。似たような環境で育ったデザイナーがみんなそうであるように、アイデンティティというものは自分の心の持ち方によって柔軟に変えられるし、あっという間に流れ、混ざり、化学反応を起こして……うまく扱えるようになれば、状況によって取り外したり取り付けたりできるようにもなります。なのに、それでも韓国に戻ったのは、浮遊しつづけるうちに自分の中のどこかに途切れた場所があるということに気付いたからです。その隙間に、そっと指を押し込んでみたかったのではないかと思っています。しかし、不便を感じているわけでも、違和感を覚えているわけでもありません。隙間がある、という事実がただそこにあるだけ。その隙間をちゃんとのぞき込んでみれば、もう一度つなげたいのか、そのままにしておきたいのか、観察したいのかを決められそうな気がしてお話ししたまでです。不連続さを自覚するようになったきっかけについて、もう少し補足が必要かもしれません。

ありきたりな話かもしれませんが、旅行先で博物館を訪れました。パリにある小さな工芸博物館でした。所蔵品を見てみたいという思いと同時に、真昼の日差しから逃れたいという思惑も働いていました。博物館の片隅に長く広げられている屏風の前に立ちました。十九世紀の韓国で製作されたその屏風は、何かを隠す用途ではなく、それ自体が主役としてガラスの中に展示されていました。一枚ごとに華々しく咲いている牡丹と青い蟹に心を奪われました。牡丹は花の中の王です。また蟹の甲には、殻と物事の最初にくるものという二重の意味があります。その牡丹と蟹をかけて最高の境地にのぼろうとする気持ちを表しているという説明が書き込まれていました。ほんの百年前、二百年前には説明する必要もなく通用していた慣習的なテーマ、視覚的なコードだったのでしょう。ですが、二十一世紀を生きている私は、その説明を見てようやく理解することができるのです。そんなシンボルで博物館じゅうが埋め尽くされていました。蝙蝠《こうもり》は福、雁《がん》は老後の平和、柘榴《ざくろ》は健康を意味するとのことでした。ヨーロッパの博物館でアジアの、韓国の視覚的コードにまったく繋がれなかった。そのことに私は、後味の悪い違和感を覚えました。まるで一時的に大流行し、いまでは生産中止されたオモチャを前にして使い方が何ひとつ理解できない、あるいは味方だけが解ける暗号みたいなものが使われていて遊ぶことができずにいる、というような感じがしたのです。またはとてもシンプルな表示板を前にして理解できずに立ち尽くしている宇宙人になったような気分。思えば、牡丹と蟹よりも、百合やユニコーンの意味のほうがより直感的に理解できるというのは、おかしい話ではありませんか。

まさにこれこそが、私の覚えた不連続さの所以《ゆえん》でした。この時に初めて、強く自分の不連続さを認識することになりました。私の中には、切断された回路があるということを。失われた視覚的コードを一つずつ集めていきました。断絶の彼方に、遠くない昔には普遍的なものだったにもかかわらず、いまでは特殊性という檻に閉じ込められてしまったイメージが微かに見えてきました。失われたものがあるということを知ること、空洞を認知すること、完全に回復しえないことを認めたうえであきらめないこと……。最近、友だちと一緒にコード・ファインディング・クラブを作りました。断絶と従属、連結と移植についてじっくり考えるグラフィックデザイナーの集まりです。集まりというと大げさに聞こえるかもしれませんが、あまり深刻そうでない口調でただ語り合うだけです。ソウルのグラフィック界は、ベルリンの、ロンドンの、ニューヨークのデザイン界とどのように比較できるかとか、韓国で働いていれば韓国のグラフィックデザイナーと言えるのかとか、私たちはどのようなベン図にどのように含まれ、どこではじき出されるのかとか、視覚的コードを理解することがアイデンティティにどんな影響を与えるのかとか。不連続さについて問いかけているという意味では、第一世界の枠組みを常に意識しているのかもしれませんし、第一世界の人たちは第一世界という枠組みを意識しないでいるでしょうから、私たちのほうがより正確な視野を持っていると言えるかもしれません。目と手と心に馴染みのあるツールは、すべて外から与えられたものですが、そのツールで馴染みあるものとないものを突き詰めつづけているという意味では、私たちの活動は多元的で、かつ多方向的だと言うことができるでしょう。このような二重性を理解しようとする活動に、意味があるかどうかはわかりません。ただはっきり言えるのは、おもしろいんです。私たちは一つのイメージをピンポン玉のようにやりとりしながら、変奏させていきます。

別の世代の人たちにはよくあざ笑われています。ミレニアル世代たちは薄っぺらい、ミレニアル世代は阿呆らしい、ミレニアル世代は大げさすぎる、ミレニアル世代とは一緒にやってられない……。ミレニアル世代のための大きな旗を掲げたくなる日もあるくらいです。最も挑発的なフォントで文字を書いて。私たちの世代には、当然ながら矛盾があるでしょう。最先端の文明を享受しながら成長してきたのに、タロット占いを信じる。そうした矛盾は、実はどの世代にもあるのではないでしょうか。ニュートロ（newとretroを組み合わせた造語。一昔前の流行を現代のトレンドに合わせて再構築したものを意味する）に熱狂していることも、同じような文脈であざ笑われています。ですが、人間は一度も手にしたことのないものを懐かしがることもできると思います。屋台のトッポギを盛り付けてくれる緑と白のまだらの皿を幼年期に一度や二度しか見たことがなくても、自分の幼年期を貫通するイメージとして認識するのは、普通にあることでしょう。失われたものを絶えず探索しつづけているかれらは、実は何を失っているかすら知らない人たちです。忘却の黒い峡谷は逆三角の形をしていて、くさびのように線上に存在します。過去に実在していたものもあれば、想像の産物に近いものもあり、こんがらがってしまうことがあります。時間がねじれているタイムリープ映画は、いつになったら終わるのでしょうか。「K感性」とか、「ポンキ（韓国の演歌から感じられる特有の味わい）」といったものには、本物と偽物がまぜこぜになっていて、それを区別することは不可能です。おばあさんの螺鈿細工のタンスと花柄のテーブル、いまでは生産中止された銘柄たち……。私たちがうんざりしながらも、同時に愛してやまない品々への再発見が、私たちを笑わせ、また冷笑させるのです。温度が異なる笑いについて思いを馳せています。

私たちが求めているのは、何より、鎧なのかもしれません。頭の中に思い浮かべている鎧は、ヨーロッパのものでもあり、韓国のものでもあって、考証がしっかりなされていないゲームの中のものでもあります。デザインはちぐはぐですが、どうせ概念としての鎧を求めているだけなので問題ありません。私と世界のあいだの、いわゆる暴言を完全にはじき出してくれる鎧であってほしいです。私たちは搾取されて、また搾取され、とにかく搾取される世代で、その中でもデザイナーたちは、いつも弱い立場の「乙」に置き去りにされるのです。アイデアを最終的に具現する人であるということ。何段階を経て伝わったみんなのアイデアを実行する人間であるということ。嬉しいはずの仕事かもしれないのに、ちっとも嬉しくないことのほうがずっと多いです。自分の立場が強い「甲」としての経験をしたのはいつだったのでしょう。とうてい思い出せません。甲乙という表現がそもそも古くなって、飽きられていますね。

「この業界で消され続けている気がする。もう何も残らないかもしれない」

いつか友だちにこんなことを言われたことがあります。なんとか界というのは、どこに存在するものでしょうか。物理的な空間の上で、複雑で、半透明に、ごちゃごちゃした形で描かれるものなんでしょう。グラフィックの結果物は、現実世界の距離をうんと飛び越えてまで拡散されるものだから、なんとか系というものを把握するのは簡単なことではないはずです。ポストは、バナーは、数秒で全世界を疾走し、デザイナーたちは何年かに一度のペースで移住します。遠くにいる人と対面することなく仕事が進むことも、最近ではよくあることです。ですが、最初の頃を思い出してみると、初めてデザイン界に足を踏み入れたときに、私を遮り、押し返そうとした力は、はっきりと存在しました。見えないけれど、頑丈だった壁に、いまでもしばしばぶつかっています。なんとか界となんとか界のあいだの区分は、頑丈だったり頑丈でなかったりする形で存在しています。紹介され、つながり、出会うことで生まれてしまったり、閉じていたけれど開いてしまったりするドアは、確実にあるのです。牡丹と蟹のように、同時に存在しながら、また別々にあるもの。一致しているようでニュアンスがまったく異なるもの、セットだったりセットでなかったりするときもあるということ。界は地図上に存在し、ウェブ上にも存在して、人脈のハブの中にも存在します。ぼんやりしていながら、と同時にはっきりしていて、誰も完璧に説明できないやり方で作動しています。私たちが見ることのできない箱の中で向きを変えながら衝突する小さな粒子だとしたら、箱の正確な形を認識することはいつまでも不可能でしょうか。

意図と人格を持たないにもかかわらず、まるで実在するかのように動いている界。それが私たちを消そうとするなら、抗うべきでしょう。私たちがやってきた冒険の記録を詳細に残しておくのも、一つの方法になると思います。結局は、最初にやってくる最上の状態を自ら設定したくて、行きたい方向の果てにたどり着いてみたくて、この個展を準備したのではないかと思います。自分のための線を引き、鎧を付けたまま、その線上を歩いてみることにします。来年になれば二〇二〇年、過去の未来がやってきているし、この時代にふさわしい鎧というものは、もう一つの自我に近いものなのかもしれません。謙遜はもう少し控えめにしてもいいのではないでしょうか。これは存在しなかった人間の、消されまいとする努力ですから。アイロニーとユーモアのあいだで発熱するように、発狂するように、笑います。あなたが顔をしかめているのか、怒っているのか、それとも一緒に笑っているのか……知らないまま、銀色の玉の向こうに滑り落ちていきます。

近年のグラフィックデザインの熱気 Open Recent Graphic Design 2019
「牡丹と蟹——シム・ウユン個展」
二〇一九年八月

シム・ウユン個展と書いてあるけれど、そういう人物は実在しない。展示のために作り上げた人物なのだ。グラフィックデザイナーの集まりであるORGDから、二〇一九年のテーマを準備する過程で連絡があり、非常に挑発的で新鮮な依頼を受けた。現代を生きるグラフィックデザイナーの様々な側面を取り上げるために、架空のデザイナーを作り上げ、その人物の個展という形式で展示を開くのが目標だと言われた。

キャラクターを想像し、そのキャラクターを現実空間に呼び出せる魅力的なチャンスだと思い、断ることができなかった。企画者たちと一緒にキャラクターの名前を、成長過程を（追跡できなくするために海外で育ったという設定にした）、SNSのアカウントを、経歴の年表を、その人物が選びそうな展示のテーマを決め、一つずつ埋めていった。名前がウユンなのは『シソンから』と執筆期間が重なるからだが、苗字は違う。

展示の準備をしながら、いくつものデザイナーチームと盛んに相互作用できる環境にいることができて、楽しかった。

関連する記録は展示名で検索するか、orgd.org にアクセスしてご覧いただきたい。

スイッチ

ついさっき、隣のテーブルの人が不愉快な顔をした気がして、アラはすぐさま声をひそめた。小さい頃に高熱で聴力が弱くなり、ときどき周りの騒音と自分の声の加減をうまく調整することができなくなる。静かなところで大声を出して話したり、小さすぎる声で話したりすることがよくあった。話の途中に隣のテーブルにいる人の様子を伺いながら声の調整をするのは面倒なことだ。迷惑になってない？　ちゃんと空気読めてる？　と心細くなって周りをキョロキョロする。険しい表情の人を見つけて傷つくこともあるけれど、いちいち説明することはできない。お知らせ、と書かれた吹き出しを頭の上に浮かべられたらいいのに。実はこんな事情があります。申し訳ありません。ご迷惑をおかけしました……。でも、それは不可能なことなので、この世の中は誤解だらけだ。アラだけがそういう目に遭うわけではない。

少し前に簡単な手術を受けたせいで、脊髄麻酔の後遺症が残っている友だちがいる。その子は道を歩く途中で、ときどきベンチに横になって休まなければならない。だが、それを見て通りすがりの人たちは舌打ちをする。真昼に酔っ払っている、と早まった判断を下してしまうのだ。アラは友だちの代わりに言い訳をしたくなったし、自分のこと以上に腹が立ったけれど、そんな怒りもたちまち通り過ぎていく。

耳の管理を頑張って長く使えるようにしましょうね、とお医者さんにいつも言われる。それでアラは、イヤホンをほとんど使わないし、大きなスピーカーがあるコンサート会場にも行かない。カラオケにも大勢で行くより、それぞれ行きたい人だけが一人カラオケにいくような雰囲気になって嬉しかった。カラオケなんかに耳を無駄遣いするつもりはない。アラは音楽が好きで、好きなアーティストも多いけれど、いつも静かな部屋で一人だけで音楽を聴いた。おばあさんになっても音楽を聴きたくて慎重になった。細々と長く生きたい。二十四歳にしては、元気のない人生のモットーに思えるかもしれないけれど、自分に何度も言い聞かせていたものだ。コンサートに行けないのはヘルニアを患っている友だち、閉所恐怖症のある友だちも同じだった。誰もが元気いっぱいでハキハキと、コマーシャルに出てくるような若さと喜びを満喫しながら生きているわけではない。アラはそんなことを熟知していた。

一方で、この頃から話すのが上手になりたいと思うようになった。この年になると、面接を受けることがあるのだ。質問を瞬時に理解して、自信満々な態度で適切な言葉を返したかった。昔からの、モジモジする話し方をなんとかしたい。まずは小さな声を出す練習をして、大声で話す癖を直そうと講習会にも参加し、好きな声優さんの講義も受けた。話し方を直すのは、癖字を直すのと同じくらい大変なことだった。変われた、と思ったらまた元に戻ってしまう。交換留学生の選考で落ちたときの悪夢が蘇るようだった。英語の実力は悪い方ではないのに、韓国語で話すときと同じような感じで英語を話すせいで、もともとの実力より下手に聞こえてしまう。ぼそぼそと韓国語を話す人が、英語だからといって別の人格になったみたいにハキハキと話せるわけなんかないのだ。そのときは、ずいぶんと落ち込んでしまった。

講習会には、しゃべりが滑らかで、魅力的な人も参加していた。なんのために？と疑問が湧くほどだった。ハンピッはサッカー選手がドリブルをするように、F1ドライバーがコーナーを回るように、話のテーマを切り替えるのがうまかったし、肩を落としている人を見つけて笑わせることができた。そうやって他の参加者たちとの距離を縮めていった。と同時に、公私のバランスを取るのが上手なうえに真面目だったので、アラはそんなハンピッを見るたびに、仲良くなりたいという素直な気持ちを抱いた。名前に込められた輝《ピッ》きという意味がこれほど似合う人もいないだろうと思う。

アラとハンピッが、他の参加者より早めに会場に着いた日のことだった。アラはいつも気になっていたことを訊いてみた。

「ハンピッさんはもう十分じゃないですか？　この講習会ではこれ以上学ぶことがなさそうなのに、もしかして義理で参加してたりして……？」

「えっ、全然違います」

ハンピッは本気で驚いた様子だった。

「私が入りたい業界は、狭き門なんです。エリート家庭に生まれて、名門大学を出て、海外で暮らした経験もあって、さらに顔もいい男が、一年に何人かだけ選ばれるようなとこでして。それでも入りたいから挑んでるんですけど、当たってみないと気が済まない性格なんですよね。ハードルは高いのに、準備はまだまだです」

アラは興味のある業界などなく、ただ入れてもらえるところに入ろうと思っていたので、少し恥ずかしくなった。

「ハンピッさんは、部屋ひとつくらいは明るくできる人ですから。どこにいってもその能力を発揮できると思いますよ。ハンピッさんを見逃したほうが損だと思う。私はいつかハンピッさんのように話せたらいいなと思います。いくら頑張っても上達しないんですけどね」

「私は、お姉《オン》さん《ニ》のように話したいのに」

「え？　なんで？」

今度はアラのほうがびっくりした。言われた内容にもだけど、オンニと言われたことにも驚いた。名前にさん付けで呼びましょうね、とみんなで約束していたのに、二人だけになると親しみを込めて呼んでくれたのだから。アラもオンニと呼ばれるほうが好きだった。

「実は私、間が空くのが苦手なだけなんです。誰もしゃべらなくなるとソワソワしちゃうんですよね。なんかの強迫観念みたいに。それで家に帰るといつも後悔します。しゃべりすぎたなあ、みんなを笑わせようとして無神経なことを言ってないかなあ、誰かが話すチャンスを奪ってないかなあ、って感じに」

「そんなことないのに」

「オンニはいつも本当に大事な話だけをされてるんですよね。それが面接では不利になるかもしれないけれど、何重ものフィルターで濾されて出てくる言葉が好きなんです。私にはできないことなので」

迷いながら話しているだけなのに、そんなふうに見えたんだ、とアラはハンピッの言葉を聞いてしばらく考えに耽った。

「私のことをよく知っている友だちは、私が大勢の人のいるところでハイテンションになっていると、いつもこう小さく言ってくれるんです。ハンピッ、大丈夫、スイッチを切って、そこまで頑張らなくていいよ……」

「いい友だちですね。でも私は、ハンピッさんのそのスイッチは魅力スイッチだと思います。私も一つ欲しいなあ。つけたり消したりできるから」

その場を、時間を、周りの人たちを掌握できる能力を、つけたり消したりできるスイッチについて、二人は考えをめぐらせた。互いの頭の中を覗くことはできないけれど、二人とも上下にカチカチッと動かせる、アメリカンスイッチを思い浮かべていたのだろう。つるんとした感じにしっかり作られていて、何十年使っても壊れそうにないスイッチ。

「それじゃあ、オンニにあげます」

ハンピッが無邪気な顔でうなじからスイッチを剝がし、渡すふりをした。体から何かが分離される軽快な音を舌で真似しながら。アラは大声を出して笑った。

「うなじについてたわけ？」

「なんとなく、うなじにありそうじゃないですか？」

アラもハンピッのふざけたマイムに調子を合わせて、何もない手のひらの見えないスイッチを受け取り、うなじに付けるふりをした。ハンピッがもう一度、付属品を付ける際のガチャッという効果音を出してくれた。

「私からもらいたいものはない？」

「えーっと、さっき言った濾過フィルターが欲しいです」

フィルターはどこに付いてるんだろう。アラは適当にみぞおちあたりからフィルターを取り出す真似をした。エアコンのフィルターを取り出すときのように、フィルターについたホコリをはたくふりをして、ハンピッに渡した。ハンピッはそれを嬉しそうに受け取った。

「やった！　素晴らしい物々交換ですね」

そこで他の参加者たちが部屋に入ってきて、思いがけないやりとりはそのまま終わった。ハンピッは片目をつぶってウインクをしてみせ、飲み物を取りに行った。

アラはハンピッを見ながら、いまどんな気持ちかとは関係なく、おそらくずっと友だちでいることはできないだろうという甘ったるくて悲しい思いに耽った。これまでも講習会が終わってからプライベートでも親しくできたケースはあまりなかったし、はっきり言ってハンピッには友だちがたくさんいるだろうから。私たちは外の世界へと散っていくのだろう。それでもハンピッと交わしたさっきの会話は、しばしば思い出すような気がして、アラは笑みを浮かべた。

自分の話す番になり、プレゼントしてもらったスイッチをオンにした。

暫定的に延期された音楽プロジェクト

二〇一九年

音楽関連のプロジェクトをモチーフに書いた小説だ。

だが、二〇二二年現在までプロジェクトは開催されずにいるし、このままなかったことになりそうだ。

実現していたら素敵なプロジェクトになっただろうに、という心残りがある。出会いについての短い話に、光を当てられたらと思い、収録した。

採集期間

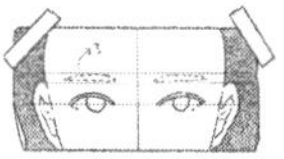

採集助手が採集リーダーのほうに顔を向けた。

「小さすぎませんか」

採集助手の爪の上で、小さな毛玉が動いている。怖がっているようではなかった。怖がることができるほど知能が高い生物ではないか、近くに捕食者がいないのだろう。

「大気成分が似ていて、酸素濃度が高く、重力が小さいところに連れて行けば、何世代かを経るうちに大きくなるでしょう」

採集リーダーの言葉に、採集助手が頷いた。

「滅亡した惑星の生き物が絶滅してしまう前に標本を保護するのが基本ですが、地味な種類よりは賢くて親しみやすい種類を連れて行くほうが反応がいいですよね。

しかたないことですが」

「採集探査にはお金がかかりますからね。反対する人も必ずいるし、そんな人が出てきたら説得もしなければならないし。どうですか？　今回が何回目だと言いましたっけ」

「四回目です。ですが、ここまで遠出したのは初めてです。それに……」

採集助手が喜びに満ちた顔で辺りを見渡した。

「ここまで文明の痕跡がちゃんと保存されている場所には、初めて来ました。都市がそのまま残ってますよね。住人たちがある日とつぜん立ち去ったみたいに」

採集リーダーもうなずいた。

「暴力沙汰になって滅びたわけじゃないですからね。許可された期間をフル活用しましょう。まだ見たいものがいっぱいありますから」

「ウイルスが原因でしたか」

「そうです。ウイルスで社会が崩壊して、インフラ設備の管理ができなくなったんです。今この瞬間にも、危険な廃棄物が地下に漏れ出ています……」

「それにしては、数多くの種が生き残ってますね」

「ええ、ものすごくたくさんの種があるらしいので、できるだけ集めてみましょう」

採集リーダーが話を終えてすぐに、鋭い感覚を自慢するかのように動きがあるほうへネットランチャーを発射させた。さっきより少し大きな獣がネットに捕らえられた。獣が雄叫びをあげ、二人は後ろに下がった。手のひらサイズの獣は、まだらの長い尻尾を持っている。

「気をつけましょう。この間、他のチームの事件もありましたし」

「噛まれたんでしたっけ。重傷だったんですか？」

「それよりスーツに穴が開いて大事《おおごと》になったそうです。急いで発泡ウレタンスプレーで穴を塞いで危険は免れましたが、全員がやられたせいでスーツに余備がなくなって。結局予定より早く撤収することになったので、再訪問のための予算が……」

「いつも予算が問題ですね。すべてが予算の問題に落ち着いてしまうのはもううんざりです」

「今回の採集で、スーツが六着も提供されたのは、そんな理由です。なんとしても最後までやり遂げて帰れ、という意味なんでしょう」

「余備があっても注意はしたほうがいいですね。あの大きな建物はなんですか？宗教施設とか？」

採集助手は捕らえた生き物をそっと凍結ケースにしまい、立ち上がって遠くに見える建物を指差した。

「あれは送電装置です。両側にあった電線がなくなったから宗教のシンボルのように見えますけどね」

「鉄像を作って崇拝でもしたのかと思いました」

「いろんなものを崇拝してはいたそうですよ。そういう方面にご興味ありますか？」

「興味はいろんなものにあります」

「ああ、だから採集家になったんでしょうね」

「ここまで優れた建築技術があったのに、すっかり滅びてしまったのが信じられません。すぐに移住してきても使えそうなものばかりなのに」

「ただ微妙にサイズが合わない。さっきの階段でも何度も足を踏み外して大変でした」

「生きるうえで関節はとても大事ですよね」

二人はシャトルに乗って撤収し、それぞれのシェルターに入ってしばらく休んだ。


「誰かが船外に傷をつけてる」

採集リーダーが慌てて船体を確認した。

「問題になりそうですか」

「いえ、そこまでひどい傷ではありません。すぐに修理できそうだし、直らなかったら軌道に入ってからシャトルをもう一つ出せばいいでしょう……。ただ、金属の道具が使えて、私たちを追跡できるほどの集団がどこかに生存しているというのが気になります。とりあえず、場所を変えますか」

「過去の知性体、ということですよね。リストに載っているわけですし、確保したほうがよさそうですね」

「そうですね。でももう少し攻撃性がなくて、孤立している個体を見つけることにしましょう」

その言葉に採集助手はすぐに同意した。採集リーダーは、採集助手の意欲を高く評価したが、わざわざ危険を冒す必要はないと判断した。

「どんな要素が、文明を完全に滅ぼすのでしょう。傲慢さ？　特定の種の自己中心主義？　暴力性？　過剰な繁殖？　滅びた文明にどんな共通点があるのかいつも気になってます」

「どうでしょう」

「採集リーダーになれば、わかるようになるものかと思ってました」

「滅ぶ理由は数千万個くらいあるでしょうね。滅ばない文明の共通点なら知ってます」

「どんな共通点ですか」

採集助手はいよいよ先輩から知識の一ピースを得られると思って嬉々とした。

「運と……宇宙空間に耐えられる体」

「なるほど！」

「一つの惑星で暮らしつづけるのには限界があります。自分の作り出した汚物に息が詰まって死を迎えるしかない。珍しく調和と均衡をはかり、ゴミのせいで窒息してしまわない文明を作り上げても、惑星自体に問題が起きたり、小惑星が衝突してきたりしたら台無しでしょう……。そうなったら外に抜け出さなければならないのだけれど、移住できるところが遠いか近いかは運によります。過酷な宇宙と長い時間の旅行に耐えられる体かどうかが、結局はすべてを決定づけると思うんです」

「幽霊船を見たときは、本当に残念な気持ちになりました」

二人はこの惑星にくるあいだに、幽霊船を発見した。脱出には成功できたけれど、遠くまでは行けなかった生命体たちの残骸でいっぱいになっていた。生命補助装置が壊れたのか、紛争が起きたのか、それとも問題が複合的に起きていたのかわからないけれど、生存者はいなかった。研究用として帰り道に引き揚げられる処置を取っておいた。

「あなたの出身文明は、いくつの惑星で繁栄してますか」

「四か所です」

「こっちも同じくらいです。六か所なので」

「滅びそうなところが滅びたり、大丈夫そうだったところが滅びたり。そんな感じです」

「運ですよね」

二人は色褪せたゴミの山の横を通りながら、運について思いを馳せた。

「最も普遍的な種を中心に、それを補えるような基準を適用して採集していくじゃないですか。そのとき選ばれなかった種を見て、残念な気持ちになることはありませんか」

「もちろんあります。本来なら、この惑星にあるモジュラー型の生物をありったけ採集して帰らなければならないんでしょうけど……」

採集リーダーが採集助手にモジュラー型生物の一部を外してみせた。

「実際のところ、この生物がこの惑星を支配しているんでしょうね」

と採集助手が感嘆した。

「ここを培養させるだけでも成長するんです。目的地に着くまで、流失分が少ないことを願います」

「分化しすぎたせいで、抜けている種が物凄く多いですよね」

「そうなんです。本当に残念ですよね。今回いい反応があって、再採集の承認が下りるといいのですが」

モジュラー型生物たちを、気温帯別、高度別に採集し、水中の生物は、採集ポイントの周辺をそのままタンクに保管した。いくつものタンクが同時に水面から空中へと飛び上がる様子は壮観だった。採集された種は自動認識されるので、リストの空いたところだけ補充すればいい。

さまざまな気候帯を移動しているうちに、熱帯地方で台風に巻き込まれてしまった。軌道に停めておいた採集船と違って、シャトルは軽い素材で作られているため、あっけなくやられてしまった。

「あそこの丘を登っているのって、私たちのシャトルですか？　まさか」

「ゴロゴロとよく回ってますね」

強風に吹かれて、シャトルは丘を下っているのではなく、登っていた。二人はとりあえず台風から避難することにした。地形スキャナーを利用して近くの洞窟を見つけ、そこでしばらく滞在することにしたが、入り口に少し気になる標識が見えた。

「これは、数字でしょうか」

「数字に見えますね」

「洞窟の中に危険なものでもあったらどうしましょう」

「この惑星は異常気候が数百年間続いているわけですし、知的生命体なら、この壊滅的な台風が絶えず発生する地域から逃れて、寒帯に移動していると思います。おそらく誰も使っていない洞窟でしょう」

その判断が間違っていたことが、すぐに判明した。二人は暗闇の中でも周りを見ることができるため、雨が降り込まない奥深くまで入り、足を休ませていた。そのとき、のらりくらり入ってきた原住民が、採集助手の足に引っかかって大声で叫びながら転んでしまった。長い槍を手に持っていた原住民は、転んだ拍子に落としてしまった槍を拾って立ち上がり、採集助手を突こうとした。が、採集リーダーが先に遠距離から撃つことができる電気ショック武器で気絶させることに成功した。

「すごすぎる」

採集助手が異様な防御体制で、採集リーダーを見た。

「死ぬかと思いました」

「あんな原始的な武器にやられてはいけませんよ」

「あっちはもう死んだんですか」

採集リーダーが近づき、原住民の様子を伺った。

「気絶しただけです」

「ついに採集成功ですね」

「せっかくですから、いろんな地域で、さまざまなサンプルを確保することにしましょう」

「遺伝的な違いはあるでしょうか」

「いいえ。肌色が違うだけで、種は同じです」

採集助手は凍結保存された知的生命体に心を奪われているようだった。やるべき仕事がうんとあるのに、目も離さずずっと覗き込んでいる。

「気に入りました?」

採集リーダーが近づきながら尋ねた。

「そうじゃなくて……近くで見ると毛の分布状態がおかしくて。やっぱり不思議です」

採集助手が事前収集された情報を調べながら混乱していた。

「毛があるなら全身にあって、ないなら他のところにもないはずですが、なんであんな不思議な感じなんでしょう」

「さあ、わかりませんね」

138

「あれじゃあ、人気にはならないでしょうね。みんなに気持ち悪がられる気がします」

「どこがそんなに気持ち悪いですか」

採集リーダーはたいていの異質性には鈍感になっているらしく、採集助手の言葉がよく理解できないような顔で尋ねた。採集助手が書類に目を通していって、正確な名前を見つけた。

「眉毛です」

「ああ、眉毛」

「言葉が出ないくらい気持ち悪いんです。あそこの毛だけが残った理由はなんでしょうね。顔の真ん中当たりに二つの毛の塊が残っているだなんて、訳がわからない。気持ち悪すぎます」

「確かに奇妙ですね。実用的な目的だったのでしょうが」

「それなら毛が全身に生えてないといけませんよね。つるんとした肌が一度あらわれて、また毛の塊があるだなんて」

採集船はようやく地球の軌道を離れ、帰路についた。久しぶりに楽な服装になった採集リーダーは、四本の手に生えている五十二本の指をぐっと伸ばしてストレッチをした。採集助手も八本の足を締め付けていたバックルをゆるめた。

「二本の足だけで歩いてたなんて。脊髄にものすごい負担がかかったんでしょうね」

「もっと早く滅びないのが不思議なくらいですね」

採集リーダーも同意した。

「爪サイズの生き物はネズミ……手のひらサイズの生き物は猫……。高い鳴き声を出していたそうです。毛の分布は好きだけど」

採集助手が名前を覚えようとして頑張っている姿を、採集リーダーは嬉しそうに見守った。その情熱を忘れないでほしい、と思いながら。

「SFスタイル」
『ボストーク』16号、二〇一九年七月

写真雑誌『ボストーク』のSF特集だった。一緒に掲載される写真家チェ・ダハム氏の街の写真を先に見せてもらい、書いたものだ。大きな電信柱と橋脚の写真がとりわけ印象に残り、影響を受けている。それから人間の眉毛がいかに不思議なものかについて書いてみたいとずっと思っていた。普段から眉毛に妙な違和感を覚えている。機能のことだけ考えれば、目の上、つまり額が全部毛で覆われていたほうが効率いいのではないだろうか。動物は普通眉毛がなく、全身が毛で覆われているのに、人間は不思議と額をわざわざ開けるほうへと進化していった。どうして「モナ・リザ」に眉がないのか、わかる気がする。ダ・ヴィンチも眉に納得が行かなかったのだろう。もちろん意思疎通を円滑にさせるためではあるだろうが、それでも顔に毛の島があるのが不思議でならない。そんなこと普段は忘れているけれど、たまにまた目に入ると、きゃあ、おかしい、となるので、「いつか絶対に小説にしよう」と思っていた。宇宙人も絶対理解できないだろうと。私たちが自分たちのことを外からの目線で見ることができるなら。そんなことに興味があった。この小説を読んでから、鏡に映った眉毛が時々不自然に思えると訴えてくる読者たちがいた。違和感を伝染させてしまったようで、申し訳なく思っている。

乱気流

家族旅行からの帰りの飛行機で、ものすごい乱気流に遭遇したことがある。台風が直撃した影響で他の便はすべてキャンセルになったのに、少し落ち着いた隙を見て無理をして飛んだのだ。その日に離陸した唯一の飛行機で、着陸する頃にはそこまでして運航する必要があっただろうか、と思った。一時間という飛行時間のあいだ、ずっとジェットコースターに乗っている気分だった。座席からお尻が浮くものだから何度もシートベルトをぎゅっと締め直した。子どもはもちろん、大人も泣いていた。着陸後に機長のアナウンスが流れると、どうしてかみんなで拍手をした。

問題はその後に起きた。二か月ものあいだ、飛行機が墜落する夢を見続けたのだ。地面に墜落することもあれば、海に落ちることもある。一度も使用したことのない緊急脱出スライドで脱出して、海で溺れてじたばたした。本当に墜落したら衝撃で

そのまま死んでしまうだろうに、夢では死ななかった。毎日そんな夢を見たせいで、いくら寝ても疲れが取れなかった。

疲労困憊の状態で、年末の同窓会に出た。みんなで代わる代わる、してもしなくてもいいような話をした。ある子は両親が家庭菜園を始めて野菜を分けてもらったのだけど、サニーレタスは苦くて、大根はパサパサして、なすは種がぎっしり詰まっていたから、専業の農家をさらに尊敬する気持ちになったと言い、他の子は会社の福利厚生を利用するたびに恩着せがましく振る舞う上司の悪口を言いながらブルブル震え、また別の子は生徒に暴力を振るっていた教師が校長になったと憤慨した。自分の順番になって何か言わなければという気になり、最近の悪夢について少しばかり愚痴を言った。

「乱気流くらいじゃあ、墜落しないのよ」

キャビンアテンダントとして働いている友だちが笑った。その集まりに、キャビンアテンダント一人と航空整備士一人がいるということに改めて気づいた。

「私がちゃんと整備しているから、安心して乗っていいよ」

航空整備士をやっている友だちの言葉が、お守りのようになった。それからの数年間、飛行機に乗るたびに友だちの顔を浮かべた。あの子が整備しているから安全だよ、しかも仕事で飛行機に乗る友だちもいるんだから、ちょっとした乱気流を怖がるのは大げさだよ……。自分の不安を友情という溶媒の助けを得て溶かしてしまおう。どんな安定剤よりも効果があり、もうなんの問題も起きないだろうと思えた。

それから新型コロナが流行した。オンライン会議などでどうにか仕事を回せる分野もあったけれど、現場に行かなければ仕事が進まない分野もたくさんあった。罹患のリスクと二週間の隔離を覚悟して海外出張することもあれば、プロジェクトがそのまま宙吊りになることもあった。損害と難航についての議論が、同窓会のメンバーで作ったグループチャットで続いたけれど、航空分野の仕事をしていた友だちの無給休職と解雇が決まってからは誰もメッセージを送らなくなりシーンとしてしまった。飛行機に乗るのが怖かったのは、飛行の原理を信じられないからではなく、社会の非情さへの不信感のせいだったことに、その時に改めて気付かされた。チャットには子どもの写真、犬と猫の写真が時々送られてきたけれど、それすら次第に途絶えてしまった。

持病のある親とも会うのを控えていたが、感染者数が減り、防疫対策レベルが少し下がったということで実家を訪ねたときのことである。大型書店でキャビンアテンダントの友だちに遭遇したが、驚かなかった。その子の実家も二十年前から引っ越していないから、びっくりするような偶然でもない。友だちはめくっていた本をそっと見せながら、恥ずかしそうに笑った。未来の展望と有望な職種についての本だった。

「気が気でなくてね。でも周りにもっとギリギリでやっている人も多いから……」

航空業界の従業員たちがどんな悲惨な状況に置かれているかは、ニュースで見て知っていたが、友だちはさらにいろいろなことを目撃しているのだろう。

「もっと早くから勉強をしておけばよかったな。ちょっとぼうっとしすぎてたのかも」

すぐ隣にある株の本を手に取り、底打ちしてから上昇し始めた航空会社の株について語っていた友だちは、続けざまに整備士の友だちの話を聞かせてくれた。普段二人だけでよくやりとりしているようだった。復職の見通しが立たなくなり、転職に役に立つ資格を取ろうとして勉強しているという。飛行機を直せるくらいの子だから、なんでもできるだろうけれど、この世が壊れたまま回っている気がしてため息が出そうになったが、友だちの前でため息をつくまいと思い、奥歯をぎゅっと嚙み締めた。

「今度の同窓会でゆっくり話そうね」

そう言ってから、しばらくは同窓会は開かれないだろうということに思い至った。

この時代はいつか終わるだろうか、終わった後には何が残るだろうか、その後に控えているものは何だろうか。ちっとも先が見通せず、全身から力が抜けそうだった。飛行機が前のように飛べるようになったときは、ベテランの整備士も、キャビンアテンダントもとっくにやめた後だろう。乱気流の悪夢が続くか、全く別の悪夢を見るようになるかはわからないけれど、マスクの中で息が荒くなった。頑丈なものにサビがついていて、泡でできたものが弾けるまで膨れ上がるだろうに、すべてが崩れ落ちようとしているときに、私たちはどこにいるのだろう。泡の表面に見知った顔が映っている気がした。

「文学」

季刊『基本所得』7号、二〇二一年二月

乱気流の経験と、航空整備士の友だちが
自分を信じて乗っていい、
と言ってくれたという話は、私の実体験だ。
乱気流に遭う夢はもう見ないけれど、
パンデミックの夢はこの先も何年か見続ける気がする。

行われなかったインタビューの記録

インタビュアーとインタビュイーは展示場の入り口で落ち合った。座標がやや歪んでいる入り口は、リアルな空間と繋がったり突然途切れたりするため、待ち合わせ場所としてはあまりふさわしい場所ではない。インタビュアーは遅刻しないように急いだけれど、到着してから消えたり現れたりと点滅する入り口を見つけようとしてあくせくした。なんとか先生を待たせずに済んだ。

「一九六一年にはどちらにいらっしゃいましたか」

インタビュイーが先に質問を始めた。

「六一年には、私はいませんでした」

「それじゃ、やはりこのインタビューの適任者ですね」

インタビュアーは妙に主導権を奪われた気がした。インタビュイーにこちらを分析させまいと思った直後の出来事で、二人の間には緊張感が漂った。

「今回の展示形式は、発表当時すごく評判がよかったと聞きました。既存の概念を限りなく拡張させた『楽譜』と、それを演奏するリアルな『楽器』がある。この流れについて簡単にご説明いただけますでしょうか」

「私たちは音楽で訪れたことのない場所まで突き進んでみたかったのです。『楽譜』が書かれますね。その中には繰り返し演奏されるものもありましたが、いま準備中の楽譜のように一度も演奏されたことのないものもあります。その流れについては……別の方に説明をお願いしたほうがよさそうですね。それは私の仕事ではないので。簡単に要約できるものは、なかなか作品にはならないでしょうし、解釈はこだまのように何重にも響いてこそ、意味を持つのです」

「ですが新しくてセンセーショナルなものに初めて出会ったら、説明が……」

「新しさは過大評価され、センセーショナルという表現は乱用されていると思います。磁石を初めて作ったのは自分だ、と言いたいわけではありません。今回の展示は磁石をじっと見つめながら、紙の下で磁石を動かして砂鉄が流れる向きを変えてみる遊びに近いのかもしれません。あるいは、磁石を持っていた手を変えてみる作業でしょう。呼ばれたことのない存在を招いてみること、鬼ごっこの鬼を変えてみることなのです。狭い囲いの中で相手を全方向に押し、力比べをします。私が書いた『楽譜』は、誰でも飛び込むことができる音楽です。飛込台の上で重力について講義を聞くのではなく、自ら飛び込んでみてほしいのです」

インタビュアーはインタビューイーの言葉が印象深いので、急いでその言葉を書き留めた。しかし、その手を見つめるインタビューイーの目は、相手のメモをいまにも奪って、破ってしまいたそうだった。それくらいのことは十分にやり得る人だ。上着の内ポケットにハサミ、ハンマー、斧を隠し持っていたというエピソードを聞いたことがある。素敵で美しいもの、みんなを驚かすものを作った後に、一抹の迷いもなく壊し、落として、踏みつぶしたという。インタビュアーはインタビューイーから一歩下がった。

「音楽の概念をここまで遠くに押しやってしまうと、気持ちよさより不快な気持ちのほうが勝ってしまうことはありませんか」

「不快な気持ちが、とんでもなく愉快に思える時があるのです。そうした発想の転換は、この上なく能動的な行為と言えるでしょう」

インタビュアーは能動とメモし、その後ろにビックリマークを書き加える。インタビューイーが前を歩いている。インタビュアーとインタビューイーが最初の部屋に入ったときは、水路の設置の真っ最中だった。水とピアニッシモの部屋。インタビュアーは風邪シロップのコマーシャルが一九六〇年代のドイツのものと二〇二〇年代の韓国のものとでどちらが選ばれるかが気になった。それについて尋ねようとしたとき、ホルン、フルート、ファゴット、オーボエ、クラリネットケースを背負った人たちと百個のホイッスルが入った段ボール箱を持った人たちが、展示場の外に出ていった。

「伝染病のせいだそうです」

「ホイッスルをこの人の唇からあの人の唇へと楽しげに移し合えるような時代ではありませんよね」

インタビュアーは親しい人どうしで飲み物を回し飲みしていた夜をそれとなく思い浮かべた。その飲み物の味やくっついていた肩の体温や混ざり合っていた息を。なんでもなかった感覚が、なんとも珍しい経験になってしまったなあ、と改めて思い、床を見下ろした。部屋の境界で、照明の色が変わろうとしている。

「いつかディストピア小説の背景になった年に、とっくに亡くなった著者に、最悪の想像は実現しなかったと宣言する作品を、生中継したことがあります」

インタビュアーの話に、インタビュイーが慰めるつもりなのかどうか判断のつかない言葉をかける。

「『グッドモーニング・ミスター・オーウェル』の話でしたら、いまもみんなに愛されていますね」

「一九八四年にはどこにいらっしゃいました?」

「生中継のときは、まだ生まれていません」

インタビュイーが笑った。

「私が、生まれる前のあなたたちを想像できなかったように、絶望と悲観はその予想が外れる可能性が高いです。希望と楽観への予想が外れる可能性と、非常に公平な確率でね。未来は最も緻密な計画とそれらしい予想から、滑稽なまでに遠い形をしているのでしょう」

「まるでこの展示のように、ですか」

「そうですね。この展示のように」

インタビュアーとインタビュイーが同じ振動数でうなずいたとき、また一団の人たちがデジタル楽器を持って横を通り過ぎて行った。叩くだけで管楽器のような音を出せる機材が、今度は奥の方に運ばれる。いくつかはインタビュイーが活動していた時代の楽器で、いくつかは最近のものだった。インタビュイーの目に、楽しさに触れたときの興奮が浮かぶのがわかる。その楽器を早く手に取ってみたいという熱意が伝わってきた。出発地点はいつも音楽だった。音楽から始まり広がっていったものは、一度も途切れたことがない。

「想像できる事件と想像外の事件がここで一緒に起きるでしょう。最終的な演奏が楽譜からずいぶん離れてしまったら、それでも嫌な思いをすることはないと思いますか」

「私がその不快な感覚がどれだけ好きか、想像もできないと思います」

インタビュイーはしばらく言葉を止めて、こう続けた。

「私はＴＶの真空管が壊れることがわかっていたんです」

あっ、とインタビュアーはすぐに理解した。彼は壊れることを予想していて、壊れたものを直したくなる後世の人たちが、深刻な悩みに陥ってしまうということまで織り込み済みだったのだ。その上で、なんとなくキャッチボールのように投げ込んでしまった。やはり意地悪な魅力のある人だ。それでも追いかけて行くしかないと思いつつ、心の中では少しばかり文句を言わせてしまうタイプ……。インタビュアーはインタビュイーが期待しているような、冗談のような敬意を、降伏でもするように捧げることにした。堅苦しくなかった大人に、軽い反抗の末に捧げる挨拶を。

「タイトルを、設計を、大事な骨組みをまるっきり変えてしまったことも多々あります。私の作業は、いつも会話の上にあるものでしたから」

「この全ては悲惨なまでに元の計画からずれていくでしょう。その結果、きっと満足いくものになるはずです」

インタビュイーが笑った。インタビュアーも笑うしかなかった。二人はもっと深いところへ足を向ける。部屋は楽譜の数と一致しないだろうし、出口はまだ出来上がっていない。

ナム・ジュン・パイク（白南準）生誕九十周年特別展
「完璧な最後の一秒——交響曲第二番」二〇二二年三月

白南準アートセンターからの依頼で書いた小説だ。巨匠にそっと挨拶できる光栄な機会だと思った。展示はナム・ジュン・パイクの初期におけるテキスト楽譜を再解釈したものだった。楽譜とはいえ、音楽の概念を非常に広く解釈しているため、設置とパフォーマンスを含む計画書だと考えたほうがよさそうだ。

ナム・ジュン・パイクの構想を、七つの同時代アーティストチームが豊かな解釈によって具現化した。ビジュアルアーティスト、ピアニスト、チェリスト、サウンドデザイナー、歌手、俳優、作家が一箇所に集まり、コラボレーションした。作家の存命中には実行できなかった企画が、二〇二二年にようやく実現した。なんという素敵な出来事だろう。舞い上がって書いた時空間の歪んだインタビューが、やりすぎではないかと心配する気持ちで原稿を送ると、アートセンターにも喜んでもらえたのでホッとした。

アラの傘

アラは二十歳のときに、三万ウォン（三千円相当）もする傘を買った。輸入雑貨のセレクトショップで立てかけられている傘を見つけて、「なんて完璧な傘なんだろう」と一目ぼれした。何か月も悩みつづけ、傘を買うことにした。生活費が月三十万ウォンだった当時としては、無茶な買い物だった。傘を広げるとすてきな模様があらわれて満足したし、骨組みもボタンも十七年間ももってくれたので、結果的にはいい買い物になった。アラはその傘を手に持つのが嬉しくて、雨の日を待つようになった。雨の中を歩きながら、いつか経済的に余裕ができたら、こんな完璧なもので身の回りを埋め尽くしたいと思った。

そんな余裕を手にするまでは、十七年がかかった。アラは上の世代と富を分かち合えなかった世代なので、うんと長い歳月がかかった。ミレニアル世代の中では早く生まれたほうだけれど、三十代の半ばになってようやく生きのびること以上の何かを夢見られるようになった。それより後に生まれた人たちは、さらに厳しい状況にいるのではないか。ときどきそんな心配をする。美しいものと醜いもの、正しいことと間違っていることに対する基準が高くて、しかし資本は持っていないアラの世代……。アラは運よく余裕を持つことができたけれど、いまでもあまり消費をしない。仕事を見つけ、お金を稼いでいるうちに、価値観がガラリと変わってしまったからだ。何より、革の製品が買えなくなった。いつか気に入ったキャンバス地のバッグを買って包みから取り出すと、持ち手の部分が合皮ではなく、子牛の本革で作られていてギョッとしてしまってから……。持ち手なんかを作るために、小さな動物が寿命通りに生きられなかったと思うと、後ろめたくてたまらない。キャンバス地のバッグを買う人間は、革のものを好まない可能性が高いのに、どうしてこんなデザインにしてしまったのだろうと思った。サイトには明記されていただろうか、ちゃんと確認しなかった自分にも怒りがこみ上げた。それがアラが買った最後の革製品だった。それからは素材の表記をしっかり確認する習慣が身についている。ときにはデパートのショーウインドウを覗きながらつぶやく。

「パイナップルの皮で作ってよ。きのこの皮でもいいよ……じゃないと買わないからね。お金があっても買わないから」

ファストファッションブランドから抜け出せたことが嬉しかった。ファッションブランドから消費者が離れて、その規模が縮小しつつあるという話を聞くと、胸のすく思いがした。アラの世代が、そんな立派な仕事をやり遂げている。服は年に六着くらいしか買わない。素材がよくて、一生着られそうなものを選んでいる。搾取的な方法で作られていないものほど値段が高くなるけれど、そういうものにお金を払う用意はある。アラが一番好きなブランドは、在庫として残った訳あり商品の生地をバラバラにして、新しく組み直すブランドだった。メンズとレディースの区分がないユニセックスで、着心地も良く、動きやすい。

　見た目へのプレッシャーを以前より感じなくなったのも、消費を減らす原因となった。美容室に行くのは年に二回くらい。レイヤーを入れない短いボブにして、髪が肩くらいまで伸びたら、また切る。年齢にしては白髪が多いほうだけれど、染めたりはしない。白髪で知られている女性長官（日本の大臣に当たる。二〇一七年に韓国初の女性外交長官に選ばれた康京和［カン・ギョンファ］は、キャリアだけでなく、その白髪まで話題になるほど注目された）の影響だ。いくつかのステップを踏んでスキンケアをすることもないので、ドレッサーの上はすかすかだ。危険成分を含まない保湿剤しかつけていない。大事な用事がある日や、紫外線が強い日にだけ、血色をよくしてくれる日焼け止めを塗り、一つだけ残しておいたリップをつける。きれいになりたいという想いは捨てられたけれど、健康に見せたいという想いは捨てられなかった。

これがアラの限界なのかもしれない。普段は日焼け止めの代わりに、くるくる巻いてカバンにしまっておける帽子を持ち歩いている。

　アラも、アラの友だちも狭い家に住んでいて、物を買うときはじっくり迷うけれど、経験を積むためにお金を使うときはあまり悩まないタイプだ。スポーツを習い、講習を受け、旅行をする。ワンデークッキングクラスは受けても、家にオーブンは置かない。電子書籍を読んで有料の読書会に参加はしても、紙の本は慎重に選んで買う。不動産の問題では、上の世代とはもちろん、同じ世代の間でも格差がどんどん広がっている。「青年住宅」（大学生や社会人になりたての若者の居住の安定を図る目的で、家具家電付きや交通の便がいい地域の家を安値で貸す政策が取られている）なんかを提供するくらいで解決できる問題ではない。青年住宅には建築材を少なく使わなければならないという法律でもあるのだろうか。騒音問題がひどく、ゴミもちゃんと管理されていないというニュースを見て苦笑を漏らした。公共施設なら、民間施設よりマシでなくてはならないだろうに。手抜きで造られた集合住宅は、さらに気味が悪い。通勤に一日三時間も費やしたくなくて彷徨《さまよ》っている若者をカモにしようと血眼になるだなんて……。彷徨いながら、かろうじて水面に浮かんでいる。青年期が終わり、中年や老年期に入って収入が減ったら、どのように暮らしていけばいいか想像がつかない。そんな想像をするのが辛くて、とりあえず日々を軽くて豊かに過ごすことに集中している。

無限に成長しつづける時代が終わってしまったことだけは、ハッキリとわかる。何もかもこのままは続かないだろう。上の世代が誤解しているように、なんとなく敗北主義に陥っているわけではない。ただ事実が指し示しているところを淡々と見つめているだけ。騙されないようにと。騙してこようとするすべての試みを阿呆らしいと思いながら。この小さな惑星で何かが無限に成長すると主張していたなんて。そんなことを昔はよくも信じられたと思う。二十世紀の勢いよく無責任なスローガンが力を失いつつある頃に生まれてしまったのを、こちらにどうしろというのだろう。騙されにくい世代に属しているという自負だけはある。もう我慢をしなくなった世代に属しているという自負も。

「職場の上司がこの頃の若者を分析した本を読んで、社内で集まりを開いたりするのが面白すぎる。そうか、そうなのか、としこたまうなずいて、結局は説教を垂らすもんだから、新人がみんな逃げちゃうのよ。八〇年代生まれはそれでも我慢して勤めるほうだけど、九〇年代生まれは違うと思ったら次の日にはやめてしまうんだからね」

会社勤めの友だちは、十年後が見通せないと言った。

「フリーランスの状況はさらに悪い。外注の外注の外注、下請けの下請けの下請けをやっていると滅びる以外の選択肢がない気がするの」

すっかり滅びてしまうのを見てみたい気がするときもある。完全に滅亡して、再編される世界を……。だけど、その過程で最も痛手を負うのはアラの世代のはずだ。怖かった。ノーベル賞を受けた経済学者たちがトリクルダウン理論は失敗したと評価する前に、それを身をもって体験した世代だ。超過利益がちびっと出て、それ以上は下に流れないということを知っている。

二十代にずっと勤めていた出版社からそっと身を引いたのも、そんな理由だった。勤め始めの頃よりもずさんになった契約書を提示されたのがショックだった。原稿料も外注編集料も、翻訳料も九〇年代のまま。とっくに好況が終わり、優れた作品が出るのも稀になったことを考慮したとしても、生産する側になればなるほど貧しくなるという不思議な業界だ。毎年うんざりするくらい時代遅れな出来事が起こるのだが、それを改善できる側にいる人たちは、改善する意志があまりなさそうだ。本を愛する人間の甘い汁だけを吸って、その人が自分の声を持ち、声を上げようとしたら、他の人に取って代えてしまうのではないか。そんな疑いをずっと前から抱いている。疑いだけで終わらずに破裂音が出ても、こだますることなく、綿のように吸収された。反響などなかった。できることはすべてやり尽くした、と思った。飽き飽きして別の業界に転職した。ウェブの仕事や映像の仕事もした。それぞれにおかしなやり方があったけれど、そのおかしさをジャグリングしながらどうにか耐えることができた。ここが嫌になったら、あっちへジャボーン。あっちが嫌になったら、また別のところへジャボーン。そんなことをしているうちに、人手流出の事例にもなった。それでも本が一番好きなの、という思いがこみあげてきても、著作権詐取、性被害、不当解雇などの問題が代わる代わる起きて、熱が冷めた。

疲労困憊した。歳にそぐわない疲労感のせいで、若者が老いぼれていく。変わらない世界、分かち合わない世界、過酷なほうへと悪化してしまう世界で、老化は加速される。なんとかの支援金を受け取るために、義務で受けなければならない授業で心理テストを受けたら、退職者レベルの心理状態だという結果が出て噴き出してしまった。人生の質を最も優先しているという結果に、まだそうなるには早すぎると講師に突っ込まれた。人生の質を犠牲にして得るものがなければ、自分を燃料がわりにして燃やそうと思えないだろう。いい時代を送ることができた人間にしか通用しない言葉だろう。

「アール・タッパーみたいになりたい」

「誰それ」

「タッパーウェアを開発した人だよ。あれが大ウケしてから、会社ごと売り払って、コスタリカの島を買い取って死ぬまでそこで暮らしたって」

早期退職がミレニアル世代の夢になったのも不思議な話ではない。でも、実際に早期退職できる人は、ひと握りしかいないだろう。時間が経てば経つほど貧しくさえならなければ。気候危機、経済危機に苛まれ、悲惨なディストピア映画のような終わりを迎えませんように。思い立って、環境団体に寄付をした。貧しいミレニアル世代が、最も寄付をする世代であるのが、あきれるけれど嬉しかった。

どうしても不安な気持ちが消えなければ、あまりにもアメリカ式の流行じゃないか？　と思いつつ、瞑想のアプリを立ち上げた。呼吸に集中して、現在に集中することは、役に立つから。無理して、無意味なストレスで、壊れてしまいたくはなかった。もちろんアプリから流れる言葉は、厳密にいえば曖昧だった。悪い記憶と体の中の毒素は息を吐くだけでは排出できないだろうから。ヨガのグルに悪名高い犯罪者がいたことを忘れずに、いつも警戒しなくては、と思った。科学と合理主義のほうへだけ進むのが目標だ。安定した脳波と質のいい睡眠以上のことを求めないので、前世体験といった神秘主義的なたわごとを言われたら、ただちにアプリを消す。バイオウォッシングされた六十番手の寝具を用意し、頭の中の老廃物がキレイに洗い流されますようにと願いながら眠りつく。夢も思い出せないくらい深い眠りにつきたい。起きている間は混乱してばかりだから、寝ている間だけでも安らかでありますように。

部屋はがらんとしている。入り口にお気に入りの傘が立てかけられているだけ。

持ち手のところの糸が一本解れているのが気になる。真っ直ぐでドライに、矢印は内側を向いている。ミニマリズムとは、この時代にとっての実用主義で、見栄ではなく生存術だ。そのことが理解できる人と、一生理解できない人がいるだろう。それまでの搾取方法が通じなくなったことと、若い世代が別の方向へ向かうのが気にくわない後者の人たちが、足を踏み鳴らしているのに目を向けつつ、アラとアラの友だちは怒りながらも笑うだろう。

国際ブックフェア「ＸＹＺ：もつれ合い entanglement」

『混沌挿画』、二〇二〇年十月

この作品は、二〇二〇年に開かれたソウル国際ブックフェアのリミテッドエディション『混沌挿画』に掲載された。ミレニアル世代の経験について書いてほしいという依頼だったが、出版界でがっかりするような出来事が多発していた頃だったので、刺々しい小説になった気がする。国際ブックフェアの限定版だから、読むべき人に届くだろう、と、気持ちを少しも抑えずに書いた。

自分の身を置いた場所が好きになったり、ひどくうんざりしたり、また好きになったりして、歪んだタイヤのように進んでいる。

恋人は済州島《チェジュド》生まれ育ち

恋人は済州島で生まれ育った。そんなわけでみかんをあまり食べない。

「外から来た人しか食べないんだよ。地元の人たちは糖度チェックの時だけしかたなく食べるんだから」

子どものころからみかんには目がなかった私は、恋人の話を理解することができなかった。でも、私のような子が済州島で生まれ育っていたら、売り物まで食べ尽くして怒られただろう。あたたかい部屋でつぎつぎとみかんを平らげ皮をきれいに広げておくと、皮がいい感じに干されていく。

「こんなみかん好きと付き合うんだったら、みかん畑を売らなきゃよかった」

冷たい一面のある恋人だが、一緒に済州島に行った際は観光客向けのみかん狩りに一緒に行ってくれるほどいい人だ。外地人と付き合うんだからしかたないじゃん、とあきらめがついたような表情がかわいくてたまらない。葉っぱを少し残して枝を切ると、とがったところが残っていると箱の中でみかんがぶつかって傷がつくと、プロらしい文句を言った。

「箱に入れないで私のバッグに入れればいいの。葉もこんなにかわいいんだし」

「お金がもったいない。箱に入った売り物を買うより、自分で採るほうが高いだなんて」

「道具も貸してもらってるし、案内してくれる人件費も込みなんだからね」

案内してくれたみかん畑のオーナーは、畑を囲んでいる石垣の道で私たちをそっと振り返った。

「ここまでが私の畑で、この先は兄の畑ですが……同じ土地、同じやり方で育てても、こっちのみかんだけがおいしいんですよね。あっちはまずいんですよ。人徳がないからかな」

え？　お兄さんには人徳がなくてみかんがおいしくないんですか？　お二人の関係は大丈夫ですか？　びっくりしたあまり胸の内であれこれツッコミを入れていると、恋人が隣でクスクスと笑った。あとから石垣の向こうのみかんを味見させてもらったが、本当にまずくて不思議だった……。人徳と糖度にどのような関係性があるかわからないけれど、みかんに精通した人がそう言うんだから間違いないだろう。

恋人の家族はもう済州島に住んでいないので、最初は島の西側にある宿に泊まって、その後なんども移動した。宿にもみかんがあって、食堂にもみかんがあった。トコブシ料理店のマスターは客が好きなだけみかんを持って帰れるように、レジのとなりに箱ごと置いている。手の小さい客が一つや二つだけを手に取ると、少しばかり苛立った声で言った。

「いやいや、十個は持っていかないと！　子どもでもないのに、二個だなんて！」

旅行の間じゅうずっとみかんを食べていたが、少しも飽きなかった。ふと、恋人がみかんを食べなくなったのは、じつは財政が悪くなってしかたなく売り払ったというみかん畑を思い出してしまうからじゃないだろうか、という考えが頭をよぎった。私が分けてあげたみかんを食べるたびに、うちの畑のみかんより味が落ちると言っていたのだ。その気持ちに、精一杯気づかないふりをしようと思った。

最後の日に訪ねたウニラーメン屋の壁には、「犬連れのお客様、足が濡れているお客様は、外のテーブルをご利用ください」という張り紙があって、海に足をつけた私たちは外のテーブルに腰を下ろした。すると、オーナーが急ぎ足で出てきて、周りをきょろきょろしながら訊いた。

「わんちゃんは、どこですか？」

ああ、犬が見たかったのか……。いいえ、真冬に足を濡らしているだけなので。なんだか申し訳ない気がした。

あれほど楽しかった旅行の記憶がかすかになり、今年はいろいろな苦労をした。特に大変だったのは恋人のほうで、職場で自分のミスではない問題に巻き込まれて窮屈な思いをしたことなどでうんと落ち込んでいた。恋人は食欲を失い、体重が落ちて、ときどき横たわっているとぺちゃんこに見えてこっちがビックリしてしまうことがある。好きな人がヘタるのを見るのはつらいことだった。

酸味で食欲をよみがえらせてあげたくて、こっそりみかん酢を注文した。料理にも使えるものだけれど、暑い季節にはカクテルに手が出やすい。私のレシピは、みかん酢とラム酒を三対一の割合で混ぜ、砂糖をたっぷり入れてダイキリにし、恋人には恋人好みのブラッディ・マリーを作ってあげた。普通のレシピからトマトジュースの四分の一くらいをみかん酢に変えた。横になっている恋人を起こした。カクテルをぐいっと飲んで味を見た恋人の目がキラリと輝く。

「いつもよりおいしくない？」

やっぱりみかんが好きなくせに、とからかいたくなる。けれど、明日の朝食のサラダにみかん酢をかけながら打ち明けようと思い、ぐっとがまんした。ブラッディ・マリーの効果は抜群で、恋人は夕食のメニューを真剣に悩み始めた。鼻筋がいつもより火照っているのが、かわいくてたまらない。

その日の夜、朝霧が立ち込めているみかん畑を歩いている夢を見た。初めて見るところだが、恋人のみかん畑だとわかった。枝じゅうに宝石のようなみかんがぶらさがっている。みかんを一つもぎると、てのひらにずっしりとした重みが伝わる。霧は都会のものほどしつこくなくて息がしやすかった。大きなバケツが全然重くならないのに気づいて、しばらく夢に留まっていた。

「名人の酢」

現代食品館〈to Home〉、二〇二〇年十二月

デパートから小説の依頼が来て驚いたが、与えられたテーマが地域の名人が作った酢だと聞いて、描いてみたいという気持ちになったのを覚えている。酢を適材適所につかえるようになれば、料理の腕が一段と上がるだろうと普段から思っている。ただ酢について書きたかっただけなのに、読者にたくさん喜ばれる掌篇になって嬉しい。彼女でも彼氏でもなく、恋人という言葉を思いっきり使ってみた小説でもある。

ヒョンジョン

ソウルでM7・2の地震が発生したときに、ヒョンジョンは合井《ハプチョン》にある地下書店にいた。ソウルにはなんの備えもできていなかった。建物が一瞬にして崩れ落ちたとき、ヒョンジョンは頭をかばうようにしてうずくまった。

遭難中のヒョンジョンに有利に働いたのは、次の点だ。

1. 両脇にあった丈夫なスチール本棚が絶妙なハの字に倒れ、屋根になってくれた。

2. ヒョンジョンはふだんから亀のようにリュックサックを背負っている。重いリュックサックには、景品でもらったLEDの読書ランプ、水一本、チョコチップクッキー一箱、モバイルバッテリーが入っていた。

3．小説のコーナーにいた。

この物語は、ヒョンジョンが地震で崩れ落ちた本屋で読んだ十七冊の小説をめぐる話だ。

もちろんヒョンジョンが初めから落ち着いて読書を始めたわけではない。大ケガはないことを確認して、救助を求めようとすぐにスマホを取り出したが、電波が入らなかった。ソウルの街が機能不全に陥ったのかもしれない。閉店間際だった書店は、いつもよりがらんとしていたため、辺りからひと気は感じられなかった。ホコリの匂いと地下特有の匂いがした。それから広がった傷口の匂いもしたが、それは勘違いであってほしかった。

ヒョンジョンが買うつもりで手にとっていたのは、シルヴィア・プラスの『ベル・ジャー』だった。混乱の渦中にいながらも本をぎゅっと抱きしめていた。プラスの本を一冊ずつ集めているところだった。ヒョンジョンはこれまでも何回か自分の死を想像したことがあるが、地震で地下に埋もれることになるとは思ってもいなかった。本を抱きしめて少しだけ泣いた。手の甲で受け取った涙をなめた。水分を無駄にしてはならない。しょっぱい味がした。

クリップ式の読書ランプを肩に留めて『ベル・ジャー』を読み終え、もう一度電話をかけてみたものの、失敗した。ＬＥＤランプは熱を発することなく白く輝いている。朝になったら状況が好転するだろうか。時計を見ると、まだ夜中だった。目をつぶってみても眠れる気はしない。眠ったら体温がさらに下がるだろうから、むしろいい。

傾いた本棚の一番下の段にあった小野不由美〈十二国記シリーズ〉の中から『丕緒の鳥』を取り出す。友だちに薦められてから愛読してきたシリーズだ。その友だちはいまどこにいるだろうか。家は無事だろうか。そういえば、小野不由美は地震といった天災が起きる蝕のとき、異世界に流される人たちがいると書いていた。目を開けたら自分が別の世界にいてほしいという願いを、子どものとき以来初めて抱いてみる。狭くて背中が痛くなった。体勢を変えてみようとしたが、頭の上でギリギリにバランスを保っている本棚が崩れないか心配になる。

足元で子どもの頃に縮約版で読んだ『海底二万里』が見つかった。この間読んで印象に残っている『すべての見えない光』の主人公、マリー＝ロールが点字で読んでいた本だ。本と本がつながるのはいつも不思議でならない。そのネットワークを探検しながら十分な人生を送りたかった。楽天的な十九世紀の科学者、アロナックスはネモ船長と旅しながらあらゆるものを食べ尽くしていく。ペンギン、ジュゴン、亀、クジラ、カンガルー、かもめ……。すべてが口に直行しすぎじゃないですか？

とヒョンジョンは引いてしまった。おかげで食欲はあまりわかなかった。喉が渇いてる？　さっと自分の状態を確かめる。まだ大丈夫そうだ。用を足してみたが、すごく色の濃いおしっこがちびっと出ただけ。体が自ら水分調整をしているらしい。他の国で大きな地震が起きるたびに、どんなに苦しい思いをしてニュースを見ていたことか。大金ではなかったが募金をした。それしかできない自分が、どれほどちっぽけな存在に思えたことか。遠くの誰かも、いまのソウルにそのような思いを抱いてくれているだろうか。きっといるだろう。遠くからかすかに届いている善意は、ヒョンジョンには届かないとしても、世の中で災難ばかりが起きているわけではないということを、ヒョンジョンはいつも信じていようとした。それから『骨董屋』を開いた。チャールズ・ディケンズ特有のあたたかさが好きだ。ディケンズの描く人物は、ときに昔の人らしく話が冗長すぎて気押されることもあるけれど、まあ、昔の人間だからね。主人公の少女ネルが幸せになってほしいと願った。ヒョンジョンがネルの幸せを祈れば、ネルもヒョンジョンが助かってほしいと願ってくれそうな気がする。

その次に手に取ったのは『夢見る本の迷路（*Das Labyrinth der Träumenden Bücher*）』だった。『夢見る本の街（*Die Stadt der Träumenden Bücher*）』の続篇で、そのうち読もうとしていた本だ。運がいい。ブフハイムの地下墓地に暮らしながら読書をすることでエネルギーを得ているブフリンのように、ヒョンジョンは自分が置かれている状況を忘れて本にどっぷりハマった。傲慢だけどかわいいヒルデ群ストフォンミテンメチュは相変わらずだった。ただ読み終わってから少しばかり腹が立った。ヴァルター・メアスさん、小説をこんなとんでもない下りで終わらせておいて、あと何年待たせるつもりですか！　もしここから抜け出せなかったら、死ぬ瞬間にあのドイツのおじさんを罵ろう。ヒョンジョンは消えかかった体力をふりしぼって文句を言った。チョコチップクッキーを一つ食べて、手のひらで体をこすりながら体温が下がるのを防ごうとしたが、場所が狭くて容易ではなかった。

　愛好家、欲深い愛好家として生きてきた短い人生だ。「お気に入り」と言える作家が一人増えるたびに、嬉しさのあまり身震いした。もしかしたら自分はもう死んでいるのかもしれない。ここは欲深い読書家の地獄ではないだろうか。ヒョンジョンはぼうっとする頭でそんなことを考える。

　いや、違うだろう。そんなはずはない。そんなのおかしすぎる。私が一体何をしたというの？　読書欲はほかの欲とは種類が違う。どう違うかはいますぐ説明できないけれど、違う。ヒョンジョンは最後の瞬間まで読みつづけようと腹をくくる。老後のために目を大切にしてきたのに、こうなってみると無駄な努力だった気がしてならない。

『オー・ボン・ロマン（*Au bon roman*）』を読んだ。出版社の企画によってつくられたベストセラーではなく、本当に「いい小説」を選び本屋を営む人たちが、殺害脅迫を受けるという話。本にまつわる小説と同じくらい、本屋にまつわる小説もいつも興味深い。本屋で死ぬのも悪くないかもしれない、と思えた。もっとひどい場所で死ぬ可能性だってあったわけだから。

韓国小説も読みたいなあ、と思い、ヒョンジョンは残念な気持ちになった。五メートル先に韓国小説の本棚があるだろうに。しかし、残骸のせいで五メートルという距離が、無限大に遠く感じられる。少しだけ水を飲んだ。SF小説はないだろうか。ヒョンジョンは気を付けて本の山を漁り、二冊のSF小説を見つける。辺りがめちゃくちゃになり、本が汚れ、傷ついているのが気になった。ヒョンジョンが手に取ったのは、テッド・チャンの『ソフトウェア・オブジェクトのライフサイクル』とジョン・スコルジーの『ファジー・ネイション（*Fuzzy Nation*）』だった。どちらも甘い物語だった。甘い味がする。いい本は甘いと、ヒョンジョンは普段からそんなことを思っていた。

ドナ・タートの『ゴールドフィンチ』も見つかった。ページをめくるごとに強烈な話が出てきて、絶望的な状況を忘れさせてくれる。ドナ・タートも、テッド・チャンももう少したくさんの作品を書いてくれたらなあとブツブツ言ったけれど、その作家の持つ呼吸を尊重したいくらい好きだ。

好きな気持ちで、好きだから焦る気持ちで、ずっと待っていた。それがヒョンジョンの仕事だった。待つこと。次の本を、その次の本を。新しい作家に出会うために冒険しては失敗することをくり返しながら。平均寿命で計算すれば、あと何冊読めるのだろうと考えながら。ジョージ・R・R・マーティンは、読書家は死ぬまでに千回の人生を生きると言っていたことが、いまさら慰めになる。今日死んだとしても、私は千回の人生を生きていたことになるから。ヒョンジョンは寒さに苦しみながらそうつぶやいた。ジョージ・R・R・マーティンの本は見つからなかった。

よりによって次に手に入れたのは、恩田陸『六番目の小夜子』だった。寒気がした。怖い小説を読むのにいい環境ではない。でもよだつ身の毛をてのひらでさすりながら、最後まで読み終えた。途中で止められる話ではなかった。ジョセフィン・テイの『魔性の馬』も読んだ。あまりにも美しい推理小説だ。感覚的な描写によって、主人公が馬に乗れば干し草の匂いがして、食べ物を食べると味が感じられ、崖に陽が差すとまぶしかった。感嘆の声が漏れた。ジョセフィン姉さん、なんでそんなに早く死にました？　あと十冊は書いてほしかったのに。残念な気持ちで最後のページを閉じた。そういえば、お母さんとお姉ちゃんはいま何をしてるんだろう。独り立ちしてから、二人とそこまで親しくしているわけではなかったので、こんな状況だからといってあたたかいメッセージを送るのも気まずいけれど、スマホを出してメッセージを書き始める。念のため、メモアプリをタップして同じ内容をもう一度打ち込んだ。姉と母がいまも住んでいて、ヒョンジョンは離れてしまった小都市。ソウルからはうんと遠い場所だ。二人はきっと無事だろう。「お姉ちゃん、助けて」と打ち込んでから消し、「地震のせいでしかたなかったよ」と打ち直した。

クッキーを食べて水を飲み、ヒョンジョンは果敢な行動に出る。傾いている本棚の向こう側へ手を伸ばし、他の棚から落ちた本をかき集めたのだ。本棚が完全に倒れはしないかとドキドキしながらも、遠くに手を伸ばした。すぐ後ろの本棚は、児童書のコーナーのようだ。ヒョンジョンは嬉々としてロアルド・ダール、アルキ・ゼイ、ルイス・サッカーの本を見つけた。ロアルド・ダールの本は『マチルダは小さな大天才』だった。改めて読んでも面白い。本の最後に、ロアルド・ダールが口癖に言っていた言葉が記されている。「私は思う。親切こそが人間の持ちうる最高の資質だと。勇気や寛大やその他の何よりも。あなたが親切な人間なら、それで十分だ」。彼の本は親切な人をどれだけ多く生み出したのだろう。ヒョンジョンは涙を流しながら、死後の世界というものがあるなら、ロアルド・ダールが先に渡っている世界だろうと考える。アルキ・ゼイの『むらさきいろの傘（*The Purple Umbrella*）』とルイス・サッカーの『泥』もページが終わるのを惜しみながら大切に読んだ。児童書だからといって過小評価される傾向にあるのが、いつもの不満だ。

それからはまともな状態の本が手に入らず、バラバラになったページをかき集めて読むしかなかった。いったいどんな本の、どういうところか見当がつかないものが多かったけれど、ときどき見覚えのある話に出会えて嬉しかった。ダグラス・アダムスの『長く暗い魂のティータイム』のページを何枚か見つけてクスクスと笑った。知っている冗談でももう一度笑えるのは楽しい経験だった。『夏の夜の夢』もひとまとまり見つかった。四百年前に死んだ遠い国の作家の、翻訳された作品がなんでこんなに面白いのだろう。悲劇より喜劇が好きだ。最後に『リーシーの物語』の一部を見つけて、嬉しい悲鳴を上げた。

スティーヴン・キングに長生きしてほしいとあれほど願ったのに。あの交通事故にさえ遭っていなければ……。ヒョンジョンはお気に入りの作家の健康を祈ってきた。なのに、スティーヴン・キングではなく、自分の健康が問題になるとは夢にも思っていなかった。だけど『リーシーの物語』を手に持っていると、世界が素敵なお別れを告げてくれているような気がする。キングの数多くの作品の中から最も好きな作品を三つ選ぶとしたら『リーシーの物語』『ドロレス・クレイボーン』『ジョイランド』。マイナーな好みではある。他の人たちはどんな感じの組み合わせにしてくるだろう。その選び方で、その人についてどれほど知ることができるだろう。

ヒョンジョンはバラバラのページを布団代わりに被ってみる。あたたまる気はしない。眠くなった。モバイルバッテリーを電話につないだ。眠ったあとからでも見つかりますように。

特別な人間ではなかったなあ、とヒョンジョンは夢うつつのなかでつぶやいた。それでも心の内側は美しい文章で埋め尽くされている。本に線を引かず、折り目も付けなかったけれど、文章をありったけ吸収できた。それでよかったと自分を評価する。寒さに縮こまってひざを抱えている格好のまま、引用ノートになれそうな気がする。折れて、くっついているところまでの体表面積を計算したら、何ページ分のノートになるだろうか。後ろのページは白紙のままだろう。そんな突拍子のない想像をしながら、眠りにつく。眠ったら危険だとわかっているのに。

体温が下がり、意識も遠のき、ヒョンジョンは聞き逃した。スマホがページの更新を知らせる音を。通信が復旧したのだ。

アラジン17周年記念掌篇小説集『十七』

二〇一六年七月

どうみてもアラジンが運営する古本屋の合井店《ハプチョン》を壊しているのに、アラジン側があまり気にしていなくて、ほっとした。

あとがき

小説を書き始めた頃は、書きたい話と書こうとするエネルギーがあふれていました。それで一か月に二篇の短篇小説を書きながら、同時に長篇小説を書くこともありました。そのとき知らなかったのは、そんな期間がそう長くないということでした。他の分野にいる方も同じような経験をしているかどうか、気になります。誰もが爆発的なエネルギーを噴出する期間に、思う存分したいことができる環境であってほしいと祈るような気持ちになりました。

今の私は、化学反応が華々しく起こっていた時期を通り越し、以前よりはゆっくり作品を書き続けています。一年に短篇を一篇も書くことができず、長篇も構想しながら書く準備をするだけの日々が長くなりました。新しい話を書くための予熱をしたり、完成した話を読み直したりすることもあります。そうするうちに、楽しく書いていた掌篇小説が、ついに本一冊分になったことに気づきました。

二百字詰め原稿用紙の五枚から五十枚までの短い小説です。こういうタイプの小説が好きな方もいれば、好きでない方もいるようです。私は好きなほうです。こうして集めてみると、十年あまりにわたって書かれ、おのおの違う媒体で発表された作品なのに、一つの物語のように思えてくるので不思議でなりません。繋がったり似ていたりするところを一緒に見つけていただけたらという思いを込めて、本を編んでみました。長い小説よりストレートなところが際立ち、優しい話はより優しく、辛口な話はより辛口になっています。さりげない導入が必要ない長さの所以でしょう。そういうクッションのないところが好きなのかもしれません。

時間をかけてでも必ずしなければならない話を見つけて、またごあいさつできるまで、みなさんが嬉しい偶然にめぐり合えることを心から願っています。

二〇二二年八月
チョン・セラン

訳者あとがき

ニュータウン育ちの若者の友情と成長を描いた『アンダー、サンダー、テンダー』の日本語版を読んでから、韓国に行くたびにチョン・セランの本を買い集めるようになった。そのおかげで、いまでは希少本となっている『地球でハナだけ』『八重歯が見たい』『J・J・J三姉弟の世にも平凡な超能力』の初版まですべて手元に持っている。それほど好きなチョン・セランの本を翻訳しているのだから、私は韓国で言う「成功したオタク」に違いない。

本書は二〇二二年に『아라의 소설（アラの小説）』というタイトルでアノンブックスから刊行された本だ。デビュー初期に書かれた作品から最近のものまで、文芸誌をはじめとしたさまざまな媒体で発表された作品が集められている。著者があとがきで「ストレートなところが際立」つと書いているが、著者の作品を長い間追いかけてきた私からしても、世界を見る著者の考えが非常にストレートに盛り込まれているような印象を受ける。そのため、読者として著者をより近くに感じられる作

品集になっている。

気候変動、女性差別、就職難、性犯罪、自然災害など、チョン・セランの目に映る社会は、けっして生きやすい場所ではない。しかし、著者がペシミズムに陥ることはない。なぜなら、この厳しい時代を生き抜こうとする人たちのたくましさを信じているから。次にやってくる人たちの可能性を信じているから。

女性をターゲットにした犯罪を題材にした『八重歯が見たい』、環境を大事にする主人公と宇宙人との異文化（？）恋愛を描いた『地球でハナだけ』では、社会問題に積極的に取り組もうとする姿勢が見受けられる。『J・J・J三姉弟の世にも平凡な超能力』では、些細な力で社会をよくしようとする姿勢が描かれているし、『保健室のアン・ウニョン先生』では、次の世代を守ろうとする大人の責任感と次の世代への信頼が、『フィフティ・ピープル』では、厳しい社会を生きる人たちのゆるいつながりが際立っている。『屋上で会いましょう』では、結婚など既存の社会システムからはみ出たところでつながろうとする女性たちの連帯が描かれ、SF短篇集である『声をあげます』では、世の中を「リセット」してまで人類の生き方を改めようとする想像力が見られる。最後に『シソンから、』では、既存の考え方を覆し、新しい世界を迎えようとする姿勢が印象的に描かれている。

そして本書には、このようなメッセージがダイジェスト版のように盛り込まれている。

原書のタイトルにもなっているアラという人物に注目したい。チョン・セラン本人が「最も果敢なタイプの主人公に付ける」というこの名前は、本書で何度も登場する。とある地方で掛け持ちで働いているアルバイトとして（「アラ」）、世の中への信頼を失い恋愛小説が書けなくなった小説家として（「アラの小説1」）、社会の不条理、性被害、女性差別に黙らない小説家として（「アラの小説2」）、周りの人とささやかな優しさを分かち合う人として（「スイッチ」）、美しいものと醜いものへの基準を高く持ち、持続可能な社会を目指していく若者として（「アラの傘」）登場する。

アラのこうした生き方は、もしかしたら今を生き抜こうとしている現代人の人物像なのかもしれない。そして「完全に回復できないことを認めたうえで続ける」「騙されにくい世代」へのエールのように思える。つまり、本書はこの世界を生きていく「アラ」たちへのチョン・セラン式のエールとなっているのだ。

訳注などで説明し切れなかったことについていくつか補足させていただきたい。「アラの小説1」で、アラがすでに発表した恋愛小説を書き直すことについて悩みながら「その試みが単なる妥協で終わってしまったら」と悩む場面がある。チョン

・セランは二〇一一年と二〇一二年にそれぞれ発表した恋愛小説『八重歯が見たい』『地球でハナだけ』の改訂版を二〇一九年に出している。修正についての詳しい内容は、日本語版の訳者あとがきにまとめておいたので参照していただきたいが、『八重歯が見たい』では、「アラの小説1」に出てくる他の恋愛小説のように「暴力をメインテーマに据えて、一方的に救われる関係ではなく、平等な関係を築きながら成長していく話」に変わっている。「アラの小説1」を読むことで、チョン・セランがどのように悩みながら修正したかを垣間見ることができた。

「アラの小説2」で紹介されているパク・ワンソと若手SF作家ペ・ミョンフンのエピソードは、純文学よりSFやミステリー小説などのいわゆる「ジャンル小説」を下に見る傾向があった韓国文学界の事情がその背景にある。「ジャンル小説」の作家には執筆の依頼が少なかったため、チョン・セランが作家として仕事を続けるために文学賞受賞を狙って純文学寄りの『アンダー、サンダー、テンダー』を書いたという逸話は有名である。そんなムードの中で、パク・ワンソはそのような偏見を持たずに、ペ・ミョンフンの作品を絶賛した。審査評を一部引用してみよう。

新人の作品を読む楽しみは、なんと言っても既存の世代の陳腐な読み方を打ち破って入ってくる若者の覇気による奇想天外な想像力だ。彼らのすばしこくて滞りない想像力には、禁忌の領域がない。私たちの目に確固として確実に存在する世界の隙間に潜り込み、確実に存在する世界を動かして嘲笑う、悪でも善でもない暗やみの世界を見せてくれる小説もあれば、豊かな宇宙科学の知識をベースにしていまだ表現できていない人間の存在の窮屈さを宇宙空間で爆発させるのに成功した作品もある。このように可笑しな話がそれなりにリアルに読めたのは、存在の真実というものが果たして言葉によって表現でき得るものなのか、もしかしたら存在が消えたあとに他の存在に残された空洞の大きさが、いっとき生きていていまはいないという存在証明のすべてではないかという、とりとめのない私の考えとちょうど一致したからかもしれない。

（「文学トンネ」二〇一〇年春号、幻想文学 webzin 「ゴルウ」から再引用 https://mirrorzine.kr/forum/58719）

パク・ワンソは一九七〇年に『裸木』でデビューし、「韓国文学の巨木」と言われ、その後の作家たちに大きな影響を残した人物だ。そんな先輩作家からの絶賛が、これからジャンル小説を書いていこうとする若手作家たちにとってどれほどの励みになったかは、想像に難くないだろう。

最後に、「ヒョンジョン」で『マチルダは小さな大天才』の巻末にあると紹介されているロアルド・ダールの言葉は、チョン・セランがロンドンで『マチルダ・ザ・ミュージカル』を見たあとに購入した記念版から見つけたものだという。巻末付録としてロアルド・ダールの言葉がまとめられているそうだ。自分の力で悪い大人に復讐していくマチルダの活躍を見たあと、とても心に響く言葉だろうとも思うし、人間のちょっとしたやさしさが世の中を明るくするというチョン・セランの考えとも共鳴しているように思える。

「気候危機、経済危機に苛まれ、悲惨なディストピア映画のような終わりを迎えませんように。思い立って、環境団体に寄付をした」アラのように、終わりを迎えようとする世界への乾杯を、祝杯にするために、私もいま自分にできることを考えてみようと思う。

編集の茅野ららさん、校正の藤沢友香さん、装幀の名久井直子さん、装画のkigimuraさんにお礼を申し上げます。

二〇二四年一〇月

訳者略歴　翻訳家　早稲田大学大学院文学研究科修了　訳書に『屋上で会いましょう』『地球でハナだけ』『八重歯が見たい』チョン・セラン，『あまりにも真昼の恋愛』キム・グミ，『ディア・マイ・シスター』チェ・ジニョン，『５番レーン』ウン・ソホル他多数

私《わたし》たちのテラスで、終《お》わりを迎《むか》えようとする世界《せかい》に乾杯《かんぱい》

2024年11月10日　初版印刷
2024年11月15日　初版発行

著者　チョン・セラン

訳者　すんみ

発行者　早川　浩

発行所　株式会社早川書房
東京都千代田区神田多町２－２
電話　03－3252－3111
振替　00160－3－47799
https://www.hayakawa-online.co.jp

印刷所　株式会社亨有堂印刷所
製本所　株式会社フォーネット社

Printed and bound in Japan

ISBN978-4-15-210374-1　C0097

乱丁・落丁本は小社制作部宛お送り下さい。
送料小社負担にてお取りかえいたします。